O Tocaio

O Tocaio

EDISON RODRIGUES FILHO

PRIMAVERA
EDITORIAL

Sumário

Um

A sala de aula está apinhada de alunos dispersos e inquietos. Uma centena deles, afogados em calor e desleixo. Diante da lousa, o professor fala para poucos, os de sempre, aleatórios, mera condição estatística. "A parte pela qual ainda valerá algum esforço", pensa Flávio Moretto, ao sublinhar com giz as sentenças no quadro-negro.

A plateia se mantém alheia.

— O subjuntivo exprime um fato possível, hipotético ou duvidoso. Se vocês fossem estudiosos, saberiam que o fossem, nesse caso, é um subjuntivo e, por sua natureza, de uma oração subordinada...

O som da sirene interrompe o alarido da classe, anunciando debandada geral. Flávio recolhe seus objetos espalhados pela mesa equilibrada sobre um hesitante tablado de madeira. A correria dos alunos provoca ondas perigosas sobre a plataforma guenza. Desolado, observa a manada, trotando rumo ao portão principal.

O professor ganha o corredor, passos surdos nos ladrilhos da construção centenária. Olhos que navegam em mares remotos, mergulham no mosaico de traços barrocos.

Chegara a São Paulo num dia chuvoso do verão de 1968. O ônibus enfrentara estradas esburacadas e trechos em construção. Trazia as lembranças das tardes modorrentas, gastas ouvindo leituras de compêndios pelos velhos aposentados na Praça da Matriz. Sob as copas das figueiras, fábulas, romances heroicos, contos de ficção científica e montanhas de pipocas. Tinha impregnado nas narinas o cheiro dos amarelecidos livros da biblioteca municipal e da manteiga das pipocas do Joel.

"Estás louco de querer ir-se embora, ó menino", disse o lusitano com seus bigodes espetados. "Escuta cá o que te digo, ó gajo. A felicidade está cá, nesta praça... É só olhar! Todos estão a sorrir, a brincar e a sonhar. Vês alguém triste ou infeliz? Não. Só tu estás com essa cara de doente".

Despedida insossa, aquela, como tantas que se fizeram nos quinze anos ali vividos. Para aqueles que ficavam tudo recomeçaria num novo título retirado na biblioteca e na panela com óleo quente e grãos de milho. Para Flávio, um novo começo o esperava na rodoviária, o ônibus tinha escrito a giz no vidro da frente: São Paulo – 16h30.

Durante a viagem, bons e maus humores se alternaram ao ritmo dos solavancos. "É o fígado, meu filho, só pode ser! Essa cara não me engana!" – dizia seu Firmino, patriarca dos Moretto, em missão de matricular Flávio, o "do meio", como referia-se ao segundo de seus três herdeiros. "Filho meu não nasce burro e, se depender de mim, não morre burro também! Por isso, quero que seja o primeiro de sua classe, sempre, ouviu bem?"

Era uma ordem e não uma simples recomendação. Mas o velho Moretto não viveu o suficiente para ver todos os filhos formados. Nem poderia, Fernanda, a caçula, fugira de casa ainda adolescente. Num bilhete de escassas linhas, deixou dito que atendia a um chamado superior, em breve mandaria notícias. Souberam, tempos depois, ela ajudara a fundar uma seita alternativa no Planalto Central, tivera dois filhos e, a seu modo, era feliz. Depois disso, nenhuma linha. Fúlvio, o mais velho de três irmãos, preferiu tocar os negócios da família, comércio varejista de tecidos, acabando por arruiná-los de vez.

Tantas vicissitudes minaram a saúde do velho patriarca. Passaram-se três anos desde aquele verão de 1968, quando dona Eudóxia fechou luto por seu respeitado marido. Os Moretto experimentavam o gosto amargo da decadência. Títulos benemerentes concedidos pelo poder municipal se somaram aos protestados no único cartório da cidade. Daí para a bancarrota foi um escorregão, desses em pedra lisa nos dias de chuva, inevitáveis e dolorosos. A Moretto Tecidos Finos e Confecções Ltda. encerrou atividades mergulhada em dívidas e execuções de penhores. "Graças a Deus, seu pai não está vendo isso!" – repetia sem parar a matriarca desfalecida, sentada à janela do sobrado. No outro lado da rua, fechado, o estabelecimento outrora apinhado de fregueses de hábitos corteses e bolsos recheados de notas que valiam sua estampa. A velha se quedava ali, na amurada da casa – hipotecada ao Banco da Província –, com o olhar perdido na fachada da loja lacrada pelo oficial de justiça.

Desfeito o espólio da família e, apesar do malfadado princípio, Fúlvio ainda teria forças para continuar trocando moedas por mercadorias e, outra vez, estas por mais daquelas. Para um jovem comerciante falido, nada melhor do que um novo começo, uma nova praça e novos produtos.

Porém, o segundo filho dos Moretto cumpriu quase à risca seu destino. Flávio se formou professor em poucos anos. Adulto e dono de seu nariz, não quis retornar à Miracema. Nos tempos de internato, quando chegavam as férias de verão, relutava em passá-las na sua cidade natal. Voltar para a praça e encontrar Joel e os demais o deixava inquieto, nervoso. Sentia a repulsa de quem desejava abandonar um vício, o de ser atraído pela leitura à sombra das árvores e, ali, se aprisionar voluntariamente, para sempre. "São as histórias que me atraem" – pensava ao lembrar suas origens.

Na cidade grande havia muito a explorar, e as histórias projetadas nas telas imensas das salas escuras também o fascinavam. Além de tudo, nos cinemas, pipocas eram permitidas. As tardes de domingo continuaram a ser gastas com narrativas fantásticas, mas não mais à sombra das figueiras, e sim no escuro do cinema, diante da luz e das cores dos filmes.

Flávio Moretto se tornara um exilado em Miracema, tentando, sem êxito, acomodar suas paixões no espaço exíguo das vielas desertas. Debaixo do infinito das noites de lua minguante, deitava no banco da Praça da Matriz. Lá, percebia quão ínfima era sua existência, e imenso o desejo de ter um lugar só seu, se possível, ainda mais longe do que o Planalto Central. Não era só a ruína dos negócios da família que o impelia para fora da cidade, mas a inaptidão em lidar com a miudeza, o troco, o retalho cortado com folga ou justeza, aquela minúcia corrosiva da lida diária com a freguesia. Por isso, tratou logo de convencer o velho Firmino a deixá-lo ir para a capital. Queria ser professor e honrar o nome da família como um honesto e dedicado mestre.

As palavras honesto e, principalmente, honrado, tocaram fundo o orgulhoso espírito bufão de seu pai. Mesmo imerso na mesquinhez do comércio, enchia a boca para falar de sua família e descendência. Certamente, movido pela necessidade de afirmação, inerente aos imigrantes, discriminados por seus compatriotas, viam pompa e circunstância nas menores coisas. "Este é um destino digno de um Moretto, mestre numa grande escola da capital", decretou o velho diante do retrato da família, quando se convenceu a internar o do meio na capital.

O agora professor Flávio Moretto alcança a rua ocupada por jovens e crianças correndo em todas as direções.

— Grande destino! — enfia a chave na porta do fusca estacionado na rua lateral da escola.

Presságios de chuva se confirmam contundentes durante o trajeto de volta para casa. Relâmpagos riscam o céu e pingos grossos de chuva tamborilam na capota curva do carro. Logo, o trânsito faria novas vítimas, aprisionando motoristas dentro de seus carros – aquários embaçados – numa lenta marcha forçada, avenida Rebouças abaixo. Estáticos, os carros esperam sua vez na fila comportada, debaixo do farol esquecido no vermelho. Flávio está em seu habitáculo sobre rodas, imaginando uma forma de contornar o engarrafamento. Desiste da ideia. Com frequência, perdia-se nas vielas alternativas que nunca têm o sentido do tráfego na direção esperada, fazendo-o retornar, invariavelmente, à rua anterior, num ponto qualquer ainda mais distante em relação ao destino.

— Você nunca vai conhecer esta cidade se não ousar. É preciso desbravá-la, sair dos muros da escola e se aventurar por aí!

A voz ecoa distante na mente vazia, à espera de um centímetro livre no congestionamento. A figura de um menino forte, sorriso aberto, materializa-se no para-brisa embaçado de sua memória. Flávio Fontoura – Biotônico, como logo o chamou – tinha olhos negros e sagazes, que instigavam a imaginação do interiorano e pacato Flávio Moretto. Um mundo externo aos muros – ruas lotadas de automóveis, pessoas circulando apressadas, estrangeiros e seus idiomas incompreensíveis, e enormes cartazes coloridos em frente às salas de cinema. Era pelos olhos de Biotônico que imaginava a cidade, além das muralhas do internato, a última fronteira a ser vencida.

— Você é meu tocaio, por isso será meu protegido enquanto viver. Mas tem de ajudar um pouquinho.

Foi em meio a essa conversa pantanosa que eles se conheceram. Flávio se sentia confiante toda vez que Biotônico apoiava o braço sobre seus ombros franzinos e, ao pé do ouvido, propunha um plano mirabolante para fugir dos olhos dos bedéis que vigiavam cada passo dos internos na escola.

— Vai ser moleza, Tocaio! Esta é a cópia da chave da sala dos professores... — Biotônico a mostra na palma da mão, cuidando para que ninguém os visse. — Não me pergunte como consegui, porque não diria em hipótese nenhuma. Quando todos estiverem dormindo, você abre a porta, procura o escaninho do professor Jurandir e copia a matriz de mimeógrafo que será impressa no dia seguinte. Teremos a prova de matemática com uma semana de antecedência! É só para estudarmos melhor a matéria!

As palavras soaram inocentes, emolduradas por um meio sorriso diabólico.

— Sei! — respondeu o menino de Miracema. — Você só quer resolver as questões e levar as respostas na palma da mão. Acha que vou arriscar meu pescoço por nada? Só para que você se livre dos exames finais?

— E o que você quer em troca desse favorzinho de nada?

— Me convide para passar as férias de verão em sua casa. Meus pais me obrigam a ir pra Miracema; não quero enterrar mais um verão naquela cidade! — disse quase suplicando, à sombra descomunal de Biotônico.

Flávio Fontoura se fez de convencido. Não tinha má índole, era só mais um dos tantos bem-nascidos de cidade grande, impulsivo e inconsequente. Aquilo poderia render um pouco mais.

Retomou as negociações.

— Isso muda um pouco as bases do nosso acordo — aprofundando o pântano num tom mais grave. — Acho que isso vale um pouco mais...

— Diga logo! Faço qualquer coisa! — as mãos franzinas de Tocaio agarradas à manga do jaleco de Biotônico.

— Calma, calma! — o grandão se desvencilhou, teatral. — Vamos ver...

— Em que está pensando, Flávio Fontoura?

— Já sei! Vamos estudar pra valer neste fim de ano!

— Ah, não! Não está pensando em...

— Roubar todas as provas desse último bimestre — completou sem a menor cerimônia, já que não era o seu pescoço que estava em risco. — Você me deu uma boa ideia... É isso mesmo... Vamos arrombar a festa! Você vai ver... Faremos destas férias as melhores que já tivemos. Já imaginou? Quando meu pai souber que passei de ano sem nem prestar exames? Vai ser um estouro!

O ar diabólico dos olhos de Biotônico, na sua máxima estreiteza.

Dois

E assim se deu. Durante duas semanas, um menino esquelético, paralisado de medo, rastejou noite adentro pelos corredores do internato. O espião iluminava a sala dos professores com sua lanterna Eveready – os olhos do gato impressos nas pilhas, lembrando a natureza daquela ação. Suava muito e, certamente, não era por causa do calor ameno de outubro. Procurava as folhas datilografadas da matriz azulada de mimeógrafo, com as questões das sabatinas. Mergulhado na atmosfera tensa e sombria, copiava-as freneticamente, com uma letra que, depois, se tornava quase indecifrável. Estudaram tanto, que nos dias de prova nem precisaram recorrer à cola. Foi um vareio, como se referiam ao massacre dos times de futebol, quando venciam os jogos de goleada.

Os Fontoura estavam agradecidos pela ajuda daquele colega de Flávio. A pedido deste, escreveram uma carta cheia de cerimônias, solicitando a permissão dos Moretto para que Flávio pudesse acompanhá-los durante as férias daquele ano de 1970. Asseguraram que ele seria tratado como um filho e encerraram a carta parabenizando-os por criarem um menino tão inteligente e educado como aquele.

A resposta veio quase que imediatamente. Em meio a mesuras e fanfarronices referentes ao intelecto superior da família Moretto, vinha uma autorização expressa para o paraíso de verão na grande cidade, com direito a quanto cinema aguentassem e descidas nos fins de semana para a praia. Enfim, valeu a pena aqueles apuros nas madrugadas do internato.

O som intermitente de uma ambulância desvia a atenção de Flávio Moretto, mergulhado na enxurrada do fim de tarde e em lembranças felizes. Faróis em luz alta piscam ansiosos, tentando encontrar uma brecha na fila de automóveis. Com uma flanela úmida, tenta limpar o para-brisa embaçado. Os carros, ao lado, se movem para a direita, subindo no meio fio. O fusca azul os segue, automaticamente.

"Ambulâncias deveriam sobrevoar e não rodar pela cidade", pensou ao entrever o enfermeiro da viatura branca. Flávio levantou o vidro da janela até em cima e se recolheu às lembranças daquele verão de 1970.

As férias foram realmente um estouro. Pela primeira vez, Flávio Moretto pôde percorrer as avenidas sem se preocupar com o horário de fechamento do portão no internato. Centro velho de São Paulo, Viaduto do Chá, Cine Majestic, Teatro Municipal, os bairros de Higienópolis e Santa Cecília, o Museu do Ipiranga, tudo era novidade para aqueles olhos miúdos, arregalados ao ver tanta beleza e modernidade.

Flávio Moretto pisava os mosaicos preto e branco das calçadas como um ser especial, destinado a viver naquela atmosfera febril de cidade grande.

— Esse deve ser bom! — Biotônico apontou o cartaz de cores berrantes do cine Ipiranga. "Alexandre, o felizardo" estava escrito.

Tocaio mal conseguiu ouvi-lo em meio ao movimento de carros e pessoas a se misturarem com barulho e fumaça.

— Comédia? Sei lá... Quem sabe aquele outro? — Mostrou "Tepepa, com Orson Welles", escrito sob a marquise do cine Ouro.

— Deve ser chato! — Biotônico retardou o passo diante do cine Marrocos. — Esse sim, é legal! Olha só que título! Se encontrar Sartana, reze pela sua morte.

— Outro bangue-bangue... Já vimos dois só nesta semana!

— Olha só pra isso! — deteve-se na frente do cartaz que dizia "Hábil no pôquer, fulminante no gatilho".

Resistir às decisões de Biotônico era tão inútil quanto tentar encontrar dois lugares vagos no mezanino, nas sessões das quatro durante as férias.

— É o melhor lugar... — disse baixinho ao acomodar Tocaio nos degraus da escada junto ao corredor. — Daqui de cima dá pra sentir o bafo do bandido.

Qualquer lugar seria ótimo para o deslumbrado menino do interior. Quando as cortinas se abriram e as luzes se apagaram, Tocaio mergulhou na atmosfera empoeirada do Oeste norte-americano. Em *technicolor*, cavalgou pelas montanhas, pradarias e desertos, temeu por Klaus Kinski, que blefava com frieza diante dos adversários mal-encarados, segurou com ele as cartas do baralho, recolheu fichas valiosas sobre o feltro verde da mesa de pôquer, desviou das balas e assoprou o cano fumegante do revólver do pistoleiro mais ágil do Oeste.

Contudo, a maior emoção daquele verão que inaugurava uma década não seria vivida no escuro do cinema, e sim sob a luz clara da tarde de janeiro.

Ameaçava cair uma tempestade quando os Flávios resolveram voltar para casa. Tomaram o ônibus na Praça da República. Não estava lotado, por isso escolheram os últimos bancos ao fundo. Falavam de outros finais para a história do pistoleiro alemão de sorriso enigmático, quando, no ponto próximo à avenida Paulista, a porta traseira se abriu para alguém entrar.

Era ela – Amanda –, com seus cabelos ruivos e sardas cor de ferrugem espalhadas estrategicamente pelos ombros e pelo colo. Nessa altura, os Flávios já não falavam mais nada. Mantiveram os olhos fixos na menina, cujo sorriso os petrificara instantaneamente.

— Quinhentas milhas... — balbuciou Biotônico entre uma arrancada e uma brecada do coletivo.

— O quê? — disse Tocaio, ofuscado pelo fogo daqueles cabelos ao vento.

— O filme do Paul Newman... Devíamos ter assistido aquele.

"Quinhentas milhas, é o que eu andaria só pra ver onde ela mora. E de joelhos", pensou Tocaio.

Em verdade, não disseram mais nada, só rezaram para que o ponto dela fosse próximo à Pedroso de Morais, onde residiam os Fontoura.

— Não é aqui que descemos, Biotônico? — perguntou Tocaio na sua ingenuidade interiorana.

— É, mas vamos passear um pouco antes de voltar pra casa, tá bem? — respondeu, atento à ruivinha sentada próximo à porta.

Se chegaram perto do motorista e esperaram a menina se levantar. Só então decidiram abandonar o ônibus que, a essa altura, começava a lotar. Desceram os três, debaixo de reclamações dos passageiros, incomodados com os esbarrões e pisões daqueles meninos apressados. Seguiram-na por mais dois quarteirões até chegarem à rua Butantã.

— Desculpe, moça! — investiu Flávio Fontoura antes que ela abrisse o portão do prédio. — Você não conhece a... Beth? Isso mesmo... Beth! — Improvisou. — Nos disseram que ela mora aqui!

— Não conheço nenhuma Beth, mas posso perguntar pro zelador. — Seus olhos castanhos irradiavam uma inocência que deixou

Biotônico desconsertado. O outro Flávio permanecia calado, num misto de êxtase e admiração pela coragem do companheiro.

— Meu nome é Flávio! — estendeu a mão para a garota.

— Amanda — ela retribuiu o cumprimento.

— Você poderia me dar seu número de telefone? No caso de você perguntar pro zelador se ele conhece a... Beth.

— Claro! Você tem onde anotar?

Flávio espeta o cotovelo no amigo, que vasculha dezenas de bolsos até encontrar um pedaço de papel amarrotado. Se despedem com um breve aceno. Só então a chuva começa a desabar sobre os garotos.

Pisando as poças d'água, pulando de alegria, seguiram felizes, enamorados com o troféu empapado no bolso da calça – o telefone de Amanda, a ruiva mais doce que já conheceram.

Era até previsível que ela se interessasse por Flávio Fontoura. Afinal, ele era um verdadeiro ponta de lança, como chamam os goleadores no futebol. Flávio Moretto se conformou em acompanhá-los sempre que possível; sorveterias, cinema e Parque do Ibirapuera se alternaram por todo aquele verão. Onde fossem, lá estava Tocaio, afogando sua paixão, se contentando em, ao menos, estar próximo dela.

— Você também se chama Flávio? — Amanda lhe perguntou, um dia.

Antecipando-se, Biotônico respondeu:

— Sim, Flávio eme, de Miracema, uai!

— Flávio eme, de Moretto! Mas, sou de Miracema, uai! — com uma ponta de contrariedade.

Como tudo na vida, bom ou mau, as férias chegaram ao fim. Se iniciava uma nova década e aquele seria o último ano de internato. Terminado o ginasial, Flávio Moretto procuraria emprego como professor primário e, com sorte, prestaria concurso para o ensino superior.

Naquele tempo, todos estavam convictos de que prosperariam. Para isso, um bom caminho era cursar uma faculdade e arranjar uma colocação no Estado, o velho e bom emprego público.

Embora desligados da política estudantil, os Flávios tiveram oportunidade de participar de algumas passeatas contra o regime militar no centro da cidade. Reescreviam a história nas palavras de ordem, nos estandartes improvisados e punhos cerrados. Mas foi Flávio Moretto quem conheceu o gosto dos cassetetes e o lado obscuro daquele idealismo todo. Não fosse a pronta intervenção dos pais de Flávio Fontoura, talvez, o professor de português não estivesse agora com duas rodas no asfalto e as outras duas na calçada, enquanto a sirene da ambulância suplica uma brecha na avenida Rebouças.

"COLLOR NELLES", gritava a pichação no muro com os eles em verde e amarelo, duas colunas lembrando o Congresso Nacional, em Brasília.

— E pensar que lutamos tanto para, no fim... — resmungou, enquanto torcia com dificuldade o volante do fusca para voltar à via.

Flávio Fontoura decidira cursar Administração no Mackenzie, enquanto Amanda ingressou na Universidade de São Paulo, no curso de Arquitetura. Flávio Moretto os acompanhou cursando Letras, também na USP, se formou em licenciatura plena, em exatos quatro anos. Foi uma época feliz, embora estivesse sempre no fio da navalha, quando se tratava de finanças e de questões amorosas. Via Amanda quase que diariamente no campus, mas jamais ousou lhe dizer uma só palavra do que sentia. Desde aquele dia, no ônibus, ficara claro que ela seria de um só Flávio, e não do eme, de Miracema ou Moretto.

Contudo, já seria suficiente tê-la por perto, dirigir algumas palavras, nada mais do que isto. Mas a proximidade o transformou em seu maior confidente. Sabia de tudo, e invejava cada instante de amor descrito sem pudores entre ela e Flávio, o efe, de Fontoura.

— Não quero mais que me conte nada, Amanda! — disse num acesso de cólera, disfarçando o ciúme.

— Por quê? Você não é mais meu amigo? —desarmando-o com seu olhar lânguido.

— Não é isso. O que vocês fazem ou deixam de fazer não é da minha conta, não quero saber! Está bem?

De nada adiantava, Amanda sempre arranjava uma maneira de desabafar suas angústias ou extravasar alegrias no ombro sempre disponível de Flávio Moretto. Nessa época, por estarem estudando em instituições diferentes, os Flávios se distanciaram. Não foi só uma separação física, mas, sobretudo, ideológica, a orientação conservadora de uma instituição de ensino se contrastava diametralmente com a liberalidade da outra. Rixa essa que originou encontros desastrosos em plena rua Maria Antônia, entre aqueles mais politizados e engajados em suas facções estudantis. Flávio jamais quis se envolver nessas escaramuças. Temia encontrar seu melhor amigo no meio de uma refrega sangrenta, e, por suas mãos, aniquilar quem conquistara o coração de sua amada desde o primeiro instante.

Se acontecesse algo assim, Tocaio jamais se perdoaria.

Embora os respectivos cursos fossem demasiadamente exigentes, invariavelmente, os três conseguiam fugir da cidade nos fins de semana prolongados. Acampavam em praias próximas ao litoral norte de São Paulo – Trindade, Itaúnas –, ou mais ao sul – Ubatuba, Maresias, São Vicente. Nessas ocasiões, deixavam as diferenças de lado e embalavam as noites estreladas no vapor do álcool e na fumaça das fogueiras.

Três

De volta à Rebouças, a caravana segue rumo à avenida Eusébio Matoso. Flávio corre os olhos na direção oposta e vê que o trânsito permanece inalterado no sentido centro. Liga o rádio e vaga pelas estações – boletins meteorológicos, condições do trânsito, nada prende sua atenção. Afinal, de que adianta saber se a previsão do tempo anuncia chuvas nas próximas horas, quando se está debaixo de um dilúvio; ou que as marginais estão paradas, quando se vislumbra a imensa fila de luzes brancas e vermelhas nos dois sentidos da via que serpenteia o Rio Pinheiros? Vira o botão para o FM e vasculha o dial em busca de alguma distração. Logo ao centro, o ponteiro encontra uma voz conhecida: B. Anderson canta "Tell me Once Again", acompanhado pelos Light Reflections – reflexões luminosas sob a chuva do fim da tarde.

A mente vagueia, encontra casais dançando. Corpos colados e luzes coloridas deixam sombras psicodélicas no piso surrado do diretório acadêmico. A canção, num inglês choroso, embala os namorados que trocam juras e fazem propostas tentadoras. Alguns casais se retiram furtivamente da sala, enquanto outros permanecem no salão. A música lenta anuncia o fim da festa e depois de sacudirem os ossos por horas, aqueles que se deram bem confirmam suas conquistas com longos beijos e abraços sob a luz negra.

Num canto próximo ao bar improvisado com caixas de cerveja está Flávio Moretto, em meio às garrafas vazias e copos descartáveis espalhados pelo chão. Observa os casais iluminados pela lâmpada azulada, ressaltando as estampas listradas das calças justas e camisas abertas. Sob a luz, o branco dos olhos e dentes transforma as pessoas em fantasmas flutuantes que o rodeiam numa dança misteriosa e incompreensível.

— Você está bêbado, Tocaio! — A voz embrulhada é do embriagado Flávio Fontoura, escorado por Amanda. Os olhos do menino de Miracema estão vidrados na blusa colada ao corpo, encharcada de suor.

— É melhor irmos andando! — Amanda, cruza os braços, incomodada com aquele exame indiscreto. Largou o namorado à própria sorte. Ele até conseguiu até ficar de pé.

— Êpa! Onde estão as chaves do carro, Amanda? — Biotônico apalpa os bolsos, equilibrando a custo sobre o chão etílico de fim de festa.

— Não acredito! Vocês não estão querendo me dizer que vamos embora a pé! — os olhos de Amanda fuzilando os Flávios cambaleantes.

Tocaio usa um resto de sobriedade.

— Calma, vamos procurar nos bolsos, quem sabe...

— Achei! Achei! Estava aqui o tempo todo! — Flávio Fontoura sorri, agitando o molho de chaves.

Amanda fechou a sua bolsa.

— E você ainda pensa em casar comigo? Desajeitado assim, jamais teria sossego na vida!

A palavra explodiu como uma bomba em Flávio Moretto, que, se alto estava, sóbrio ficou. O início de uma tremenda ressaca.

— Casar? Tá louco! Vocês vão o quê? — a surpresa seguida de um quase desespero.

— Casar, Tocaio, você nunca ouviu falar disso?

— Claro que sim! – percebeu a posição constrangedora em que se metera. – Mas... você... vocês não acham cedo demais? Nós... somos tão... novos, ainda. Casar? Será?

A resposta veio num turbilhão de acontecimentos que se sucederam a partir de uma decisão carregada de hormônios, ilusão e fantasia, matéria do subjetivo que se materializa numa vida cheia de alegria, amor e contentamento.

Casaram-se rápido, logo após as formaturas. Amanda estava linda, vestida de branco, com a pele bronzeada, irradiando alegria a cada passo em direção ao altar. Lá, à espera, estavam os dois Flávios. Mas foi o efe que segurou a luva de rendas brancas da dama e a encaminhou ao padre. Foi o efe que saiu triunfante pelo corredor entre os bancos da igreja, lotados de convidados sorridentes. O efe, afinal, seria feliz – efe de felicidade. O eme permaneceu estático sobre o altar, observando o casal se retirar lentamente. Flávio eme queria morrer ali mesmo – eme de morte.

Corria o ano de 1975, quando isso tudo aconteceu. Amanda, de inacessível, se tornou proibida. O fato de eles estarem casados representava uma condição intransponível, mesmo nos mais recônditos sonhos do interiorano de Miracema. Logo, ela estaria iniciando carreira na empresa do sogro, e Flávio Fontoura daria curso a uma promissora carreira no ramo de seguros. Se esta história acabasse aqui, seria assim: Biotônico ganhando dinheiro com apólices e ele ensinando português e literatura em escolas públicas de primeiro e segundo graus. A nova família alçada rumo ao paraíso da classe média, e Flávio Moretto dedicando sua vida ao duro ofício de letrar crianças subnutridas e marginalizadas da periferia. Finalmente, a dívida com o velho Firmino estaria quitada.

Dois anos se passaram, e quem seguia pela avenida Paulista rumo à esquina da Consolação era Flávio Moretto, espremido num ônibus e atrasado para um encontro. "No bar Riviera, só pra um chopinho", dissera Biotônico ao telefone.

Aquele dia fazia frio, típico do inverno. Tocaio não chegava. Amanda estava estranha, dizendo coisas, umas sobre as outras. Flávio Fontoura olhava o relógio apreensivo, imaginando que seu amigo estivesse em apuros na cidade. Ele nunca se atrasava para um encontro, ainda mais com eles.

— O que você tem, Amanda? Não para um segundo. Só fala em mudar de casa, quartos, móveis!

— Conto só quando Tocaio chegar! — logo voltando a falar sobre os novos bairros residenciais que estavam surgindo pelas rodovias recém-inauguradas ou duplicadas.

Mais uma rodada de chope. Os ponteiros do relógio se arrastam sob o olhar desalentado de Biotônico.

— Desculpem! Peguei um resfriado essa semana e ainda não me livrei dele totalmente! — Flávio Moretto desenrola a língua e o grosso cachecol do pescoço.

— Então, manda vir um conhaque! — Biotônico grita ao garçom, se antecipando a tudo, como é de seu costume.

— Já que estamos todos aqui, vamos ao que interessa! — Amanda anunciou com reverência.

— Quanto mistério! — Biotônico reclamou impaciente.

De dentro da bolsa é retirado um envelope branco de um laboratório de análises clínicas.

— Você está doente? — Tocaio pergunta preocupado.

— Não, só estou... grávida — falou num ar jubiloso, esperando a reação dos homens boquiabertos.

Flávio Fontoura quase caiu de sua cadeira num acesso de choro e risos simultâneos e alternados. Os três se abraçaram demoradamente, enquanto um deles procurava disfarçar sua inveja, brindando à saúde do rebento e desejando muitos anos de felicidade para todos. Impossível ir contra hormônios, ilusão, fantasia, e toda esta tal matéria do subjetivo que se materializa numa vida cheia de alegria, amor e contentamento como mencionado há pouco.

Várias rodadas se seguiram, com Biotônico tagarelando sobre móveis, mudança de casa, quarto de crianças.

— Fiz questão de contar somente na sua presença, Tocaio... — em diagonal, Amanda busca aprovação nos olhos de Flávio Fontoura. — Queremos que você seja o padrinho! Aceita?

Como negar um pedido daquela boca maravilhosa? Embora preferisse o papel de pai, ser o padrinho o manteria ainda mais próximo.

— Claro, padrinho é tão importante quanto um pai! Não é?

— Ei! Nem tanto... — Biotônico fez cara de sério e se divertiu com Tocaio.

Brindaram, depois, foram para suas casas.

No sexto mês de gravidez, Amanda e Flávio mudaram para o bairro novo junto da rodovia Raposo Tavares – Granja Viana. Lá, construíram uma casa simples, espaçosa, cercada por quintais, gramados e ruas recém-pavimentadas. O paraíso a poucos quilômetros da avenida Paulista.

Amanda consolidou a carreira na construtora dos Fontoura. Dos estágios iniciais, rapidamente ocupou posições que a levaram para mais perto do topo. Sem dúvida, a maternidade ajudava muito nesta ascensão. Um avô-presidente fica mais suscetível às qualidades de seus colaboradores, ainda mais quando na equipe trabalha a mãe daquele que perpetuará o clã dos Fontoura. Isso era mais do que um motivo para vê-la ocupando os cargos de maior responsabilidade na organização, significava a garantia de manter o dedo da família na decisão sobre os rumos da empresa, já que Flávio decidira pôr as mãos em papéis e apólices, em vez de arruinar os sapatos numa obra qualquer.

Por sua vez, Flávio Moretto dava continuidade à vocação professada em tom solene ao velho Firmino. Miracema agora era uma lembrança levada pelo vento, o mesmo vento que levanta a poeira do chão e faz deitar a copa das árvores. Da Praça da Matriz, onde páginas e mais páginas foram consumidas ao lado de Joel Pipoqueiro e os velhos leitores aposentados, até a Praça da República, onde morava em São Paulo, havia passado quase uma década.

Os carros zunindo de um lado e de outro, buzinas soando num compasso medido por diapasão. Intermináveis e solitárias as horas do professor Flávio Moretto, no alto do edifício Copan, onde um pequeno apartamento dividia espaço com uma centena de outros, empilhados como peças de brinquedo, como uma grande letra esse, a silhueta curvilínea inconfundível. Ele ia madrugadas adentro, caçando pontos luminosos que se apagavam gradativamente. Na janela aberta, o horizonte espremido entre as aletas – abas de concreto lançadas desde o parapeito com a missão de impedir a propagação das chamas, no caso de irromper um incêndio e que impediam a visão da calçada lá embaixo, na avenida Ipiranga –, com seus ladrilhos hidráulicos, formando o mapa do estado de São Paulo em branco e preto, colados um a um como mosaicos até o asfalto. Serviam de passarela para as mulheres da noite, que pisavam os saltos plataforma num toc-toc intermitente. Em seus vestidos ousados, ofereciam formas para consumo ávido nos inferninhos das ruas adjacentes, a Rego Freitas, a Nestor Pestana e outras.

Passava das quatro horas da manhã, quando o telefone tocou. Flávio Moretto corrigia provas e aquelas respostas reacendiam o fogo em seu estômago. Ao lado da pilha de papéis, rabiscados com lápis vermelho, o frasco já pela metade de Magnésia Bisurada, a sua aleta impedindo o fogo se alastrar.

— Venha logo! Amanda já está com três dedos de dilatação! — a voz de Biotônico soava alta pelo telefone, latejando na cabeça acústica de vazio e sono de Flávio Moretto.

Algumas folhas riscadas em vermelho forte voaram de cima da escrivaninha. Num papelzinho dobrado, ele anotara o endereço da maternidade, "mas em qual bolso estava mesmo?" A revista é nervosa. Os poucos casacos e paletós são minuciosamente explorados, tal como um dia o fizera em frente ao prédio da ruivinha do ônibus. Ainda podia sentir o cotovelo de Biotônico nas costelas, atrás de um papelzinho para anotar o telefone de Amanda. "Essa mania de anotar as coisas importantes em papeizinhos."

A imagem de Amanda e seu sorriso lindo se desfez ao toque da folha amarrotada: avenida Paulista, 200 – Maternidade Santa Catarina. Flávio embarca ofegante num táxi estacionado em frente ao prédio.

— Não se preocupe, amigo! — disse o gordo motorista num sorriso maroto. — Sei como são essas coisas. Marinheiro de primeira viagem sofre no início. Quando o senhor estiver no quarto filho, como eu, não vai ter tanta pressa! — sorriu divertido, baixando a bandeira dois no taxímetro.

Flávio se calou. Sentia-se mal o suficiente para, ainda por cima, dar explicações a quem não tinha nada a ver com suas aflições. Estava apreensivo por Amanda e pela criança. O primeiro parto poderia trazer complicações inesperadas.

Na sala de espera, alguns homens estavam nervosos, em constante agitação. Ao centro, Biotônico dividia o conteúdo de uma caixa de charutos com seus pares numa alegria incontida:

— Um pra você, outro pra você... Tocaio! — recebeu-o exultante. — Venha juntar-se a nós! Os caras aqui estão muito nervosos. Me ajude a acalmá-los e pegue um desses pra você também!

— Já nasceu? É um menino? — Tocaio metralha Biotônico com perguntas.

— Vai ser menina, Tocaio! Uma linda menina, ruiva como a mãe! — decretou numa voz pausada e convicta.

E ele estava certo. Juliana nasceu corada dos pés à cabeça, chorando as lágrimas que Flávio Moretto desejava derramar. Era uma criança tão vermelha, que parecia transparente, contrastando com as mantas imaculadas enroladas no seu corpinho. O sorriso da enfermeira refletia a alegria do pai, que soltava urros de felicidade ao vê-la sã e perfeita. Os Flávios se abraçaram. Um deles, novamente, disfarçava seus sentimentos.

Quatro

"ELLE VEM AÍ" estava escrito em letras garrafais no vidro traseiro do carrão à frente. O bólido turbinado rugia, acelerava, mas nada saía do lugar. Era o país naquele congestionamento, com o carro vistoso, incrementado e potente a pedir passagem.

"Mil novecentos e noventa e um, e as pessoas ainda acreditam em histórias da carochinha!"

A amargura do professor escorre pelo lado de dentro do para-brisa. Parado, outra vez, agora diante do shopping de formas espaciais à beira da marginal Pinheiros.

"Deve ser isso, os correligionários, vitoriosos de última hora, gastando suas poupanças, comprando televisores novos em folha, só para assistir à posse do presidente."

O efeito imediato de uma eleição e do processo democrático, em geral, é a renovação da esperança. Periodicamente, é preciso renovar os sonhos do cidadão, mas na verdade o poder é um exercício de repetição que não muda nunca sua face perversa, de se ocupar em massacrar lentamente qualquer possibilidade de realização efetiva para o bem da maioria, que dirá de um indivíduo ou categoria profissional. É necessário renovar a esperança de que algum governante seja capaz disso, a manutenção do mito do herói, do salvador da pátria, do superpresidente.

Esse era, em suma, o pensamento de Flávio Moretto, entregue a uma visão melancólica, preso a uma resignação latente, observando impotente sua própria ruína profissional num país negligente com a educação e corrupto em sua administração. Sentia-se incapaz de construir uma vida alternativa àquela que desenhara no verão de 1970, quando teve o coração iluminado pelo sorriso da ruiva de sardas cor de ferrugem. Será isso? As esperanças são vãs? O destino de todo sonhador é mergulhar num poço escuro e só sair de lá quando os devaneios superarem a realidade?

Quando começam, as perguntas não param mais.

O que é o destino? O desenrolar de um novelo? E se esse novelo for feito de nós que se prendem a outros, e mais outros, formando uma rede? E se essa rede capturar algo inusitado? Como a vida?

Um desses nós foi atado em 1986.

Na madrugada clara de primavera, um carro em alta velocidade serpenteava a marginal Tietê, quando uma poça de óleo eliminou a aderência dos pneus ao asfalto. Várias capotagens se seguiram, destruindo o veículo que se incendiou junto à estrutura de concreto da Ponte da Casa Verde.

Seria mais um acidente a engordar as estatísticas do departamento de trânsito, não se tratasse do carro de Flávio Fontoura, que retornava de uma viagem de trabalho pelo interior do Estado.

Telefone tocando de madrugada é notícia de nascimento... Ou de morte.

— Flávio, sou eu! — a voz de Amanda estava diferente, grave, pesarosa.

— O que aconteceu? — Tocaio listou mentalmente tragédias amenas, um cano estourado, um bicho que entrou na casa.

Nada comparável ao que ouviu em resposta.

— O Flávio... sofreu um acidente. Preciso de você comigo...

Eles chegaram pálidos ao hospital. Flávio Moretto não sabia quem estava mais sem vida naquele corredor ocupado por pacientes em macas improvisadas. Aquilo parecia a enfermaria de um campo de batalha.

— Podem retirar o corpo, imediatamente... Sentimos muito! Precisamos do espaço — o atendente usou o resto de humanidade em seu pragmatismo burocrático, estendendo um formulário para ser preenchido.

Diante do corpo calcinado, Amanda abraçou Tocaio, evitando olhar aquela tocha apagada estendida sobre o branco imaculado dos lençóis da maca. Aquela era a primeira vez que ele abraçava Amanda depois da notícia de sua gravidez. Sentiu seu corpo próximo, as pernas, o tronco e os braços unidos a sugarem dele alguma forma de abrigo, resignação, consolo.

Os dois ali, abraçados, eram a própria tocha, apagada.

A vida é assim, infortúnio de uns, fortuna de outros. Para Tocaio, os tempos que se seguiram à morte de seu melhor amigo serviram para aproximá-lo definitivamente de Amanda, que exigia cada vez mais sua presença. A solidão é remédio amargo e ela o provou por longos três anos. Amanda precisava mantê-lo próximo, tinha a carreira consolidada e uma vida independente. Viajou, conheceu cidades europeias e americanas em longas estadas que, muitas vezes, duravam meses. Mas, sempre que voltava para casa, era com Tocaio que queria estar.

Em inúmeras ocasiões, tarde da noite, depois de muitas lágrimas, risadas e augúrios, Flávio se calava, injetando os olhos nos da ruiva de sorriso encantador. Quantas vezes, na sua imaginação, a viu pulando sobre seu peito, implorando por amá-la.

Precisava de tempo para consolidar uma situação favorável e se abrir totalmente. Mas quando? Como? O que dizer? O medo o desarmava. Medo igual ao de ser ejetado em pleno voo, como um piloto de provas num avião experimental.

O convívio se manteve intenso, apesar de Juliana desde o berço demonstrar pouca simpatia pelo padrinho. Na mesma velocidade com que a garota crescia, principalmente depois do falecimento do pai, crescia sua hostilidade em relação à figura soturna de Flávio Moretto. Ela percebia seu jeito suspeito, a postura encurvada, os modos cordatos demais, educados demais, contidos demais, os olhos estreitos de quem analisa com cuidado tudo aquilo que vê e ouve. Juliana herdara as maneiras explosivas do pai, instinto sobre a razão. Para Flávio, isso nunca fora empecilho; apesar de ter dado trabalho, administrara Biotônico com eficiência. No fim, sempre chegavam a um acordo.

Com aquela garota era diferente, ela tinha estilo.

— Mãe, ficou louca! Casar? — o termo soou com a entonação de Flávio Moretto naquele estacionamento na faculdade, um tom de surpresa, quase desespero. — Casar com um fantasma que vaga nesta casa desde quando me conheço por gente! — a garota tem o brilho do ódio em seus olhos. Labaredas na forma de cabelos ruivo.

— Você fala de Flávio como se tratasse de um estranho! Não é justo! Não é isso que vocês adolescentes sempre dizem? Não é justo!

Flávio ficava sem dar um pio, como pivô de tanta discórdia, bastava sua presença para iniciar uma discussão. "O tempo cura ou mata de vez" – os velhos aposentados da Praça da Matriz de Miracema tinham uma tirada para tudo, uma frase definitiva, lida não sabiam bem onde nem quando. Para ele, o tempo podia ser representado pela quantidade de livros nas estantes que ainda não leram.

Por isso, Flávio Moretto se calava. Antes de repetir frases feitas, deixava para o silêncio a última possibilidade de entendimento.

O som estridente da buzina do carro ao lado devolve a atenção de Flávio Moretto ao trajeto de sua casa. Por um desses milagres inexplicáveis de São Paulo, como o país, tudo volta a se mexer de novo, o tráfego se desafoga em direção à rodovia Raposo Tavares. Poças de água são contornadas no trecho inicial. Chuvas de verão têm o ímpeto das paixões, começam avassaladoras e logo se acalmam.

A placa iluminada pelo sol tímido do fim de tarde indica GRANJA VIANA. O bólido azulado toma a mão da direita em meio à pressa do tráfego. Estaciona em frente à casa de linhas retas com trepadeiras agarradas às paredes. Tocaio batia à porta antes de entrar, agora procura as chaves enfiadas num dos bolsos, tempo – o que cura ou mata de vez – necessário para se convencer, "Eu moro aqui!". Anos como coadjuvante e, agora, as luzes na sua direção. Eu moro aqui! Flávio Moretto repetiu mais uma e outra vez.

Sem convicção, escolhe uma das chaves do molho rutilante. Meia-volta à esquerda e a porta se abre. Amanda está lá dentro, pairando sobre a mesa do jantar, recolocando os talheres nos seus lugares, ajeitando o prato de modo que as estampas gravadas nas bordas se mantenham numa linha simétrica. A ruiva de sorriso fácil circula desenvolta no seu território.

— Estamos morrendo de fome! — ela diz, apertando o ventre com as mãos.

— Foi o trânsito, ou a falta dele... O de sempre.

As gotas da chuva pingam sobre o tapete da sala.

— Fláviooo! — Amanda aponta a poça escura ao redor dele.

Ouvia aquele gritinho — Fláviooo! — há muitos anos. Via de regra, era o efe que atendia ao chamado. Por instinto, o eme olha em volta para se certificar de que é com ele mesmo, e não com... "Se me chamassem Tocaio, seria mais fácil."

Flávio Moretto sobe as escadas rumo ao closet. A área íntima da casa invadida pelo estranho que ficara esse tempo todo à espreita, por anos a fio, até ganhar camisas sociais passadas e dobradas em sua gaveta com as iniciais: efe e eme em letras de desenho rebuscado, uma autêntica certidão de casamento.

Tomou um banho rápido, vaporizando o banheiro por completo. Gostava de se sentir envolto pela névoa, escondido dos espelhos. Cumpria um ritual mimético, estabelecido desde o primeiro dia em que ganhou a primeira camisa social bordada com suas iniciais. Afinal, estavam ali, as letras grafadas. Flávio Moretto as encarou como um novo brasão de família, a sua nova família, um distintivo solene, determinando quem, dali em diante, seria o homem da casa.

Obedecendo ao acordo tácito, desceu as escadas vestindo seu documento, para só então servirem a comida. No jantar, um discreto retinir de copos e talheres, um silêncio quase constrangedor, como se alguém estranho estivesse à mesa e sem poder dizer nada além do trivial.

— Parece que o novo governo vai liberar o comércio exterior. Amanda enrola os fios de macarrão com o garfo apoiado na colher. — Vamos poder comprar um Le Petit Champ em qualquer esquina. Já pensou? — fez a pausa para mastigar, odiava que falassem com a boca cheia. — Um *foie gras* como se estivéssemos à beira do Reno, numa noite de verão. Ah, vislumbrar o Reno!

— Poderemos reconstituir a cena ao menos pelo paladar, com os Rios Tietê e Pinheiros para vislumbrar! — ninguém achou graça.

Juliana ouve a voz de Flávio como se viesse da masmorra de um castelo, se mantém em silêncio, o olhar pousado no prato. Os desenhos nas bordas da porcelana formam uma alça de mira, apontada para aquele homem – aquela sombra malparada, modorrenta, estacionada no lado oposto da mesa, que respirava o seu ar e deitava na cama de seu pai.

— Você está mais calada que de costume! — Flávio Moretto se limitou a dizer, logo se arrependendo por ter dito.

Nesse instante, Juliana imagina um discurso sobre feridas abertas, espaços violados, ícones destruídos. Mas o silêncio lhe parece mais eloquente.

Amanda apaga o princípio de incêndio com mais queijo ralado no molho vermelho e viscoso.

— O que significa ter uma bala na agulha? — Amanda se referia ao discurso do presidente empossado.

— Pouca munição! — Tocaio bebeu convicto um gole de vinho chileno, uma raridade.

— Ai, que pessoa mais cética! Quando é que você ficou assim? — Amanda rogava para si. Apesar de conhecê-lo pelo avesso, ainda se surpreendia com certas respostas e comentários de Tocaio. Nessas horas, ela o via como realmente era, um estranho, para, em seguida, voltar a encará-lo como o menino tímido de olhos espertos e gestos contidos de sempre. Alguém em quem se podia confiar, e isso, para ela, naquela altura dos acontecimentos, tinha um valor inestimável.

Reconhecia nele virtudes exclusivas, mas Biotônico tinha outras facetas mais pragmáticas, e um sobrenome importante. Assim, foi relativamente fácil se deixar seduzir pela maneira decidida, a força vital impregnada em tudo e o tipo de vida que levava. Flávio Fontoura era uma pilha carregada de queixo largo e sorriso vitorioso. Uma tocha por se acender. “Tem de ser um deles!” – Amanda pensava ao vê-los sempre juntos, sem deixar de notar o olhar apaixonado de ambos.

Os Flávios se completavam – um pensava logicamente, o outro agia pela emoção; um escrevia poemas cálidos, o outro pisava o acelerador do carro do pai; um acalentava a alma feminina de Amanda com um olhar terno, o outro a arrebatava como um touro garboso.

A menina não era tão inocente como seu sorriso sugeria, e agiu deliberadamente a fim de garantir uma escolha futura, mantendo sempre Tocaio por perto. Amanda se divertia ao tocá-lo de forma casual. A pele alva enrubescia imediatamente, pondo todos os pelos do corpo em pé, apontados para a improvável sequência do contato. Tocaio se atrapalhava todo, perdia a referência do que estava pensando ou dizendo, se escondendo em algum assunto paralelo. Amanda o observava sem que ninguém a notasse, e quando ele percebia algo, ela lhe sorria de modo ingênuo, virando o rosto em seguida. Isso acontecia enquanto Biotônico distraía as plateias, repetindo as mesmas piadas antes de contar a derradeira. Amanda se punha a medir os olhares, percebendo sempre quais miravam Tocaio.

Uma coisa Amanda nunca fez: interferir, mesmo sem se lembrar de algum relacionamento dele em especial. Durante a fase em que decidiu se manter intocada, não teve dificuldade em conter sua libido e a de Flávio Moretto. Decidira reviver tempos em que a amizade não carregava compromissos que a intimidade exige. Apesar disso, o manteve disponível, apaixonado e sob controle.

Sentadas no sofá da sala, mãe e filha conversam amistosamente. Uma raridade nos últimos tempos, principalmente desde quando este Flávio se instalou naquela casa.

— Você nasceu de madrugada, por volta das duas horas, acho — Amanda ajeita os cabelos de fogo da garota na presilha de madeira. Combustão em potencial.

— Tem que ser a hora exata, mãe! Isso é fundamental para desenhar um mapa astrológico! — Juliana tem o bloco de papel aberto sobre as pernas.

— Você quer descobrir algum astro, no seu firmamento? — mãe e filha sorriem.

— Eu estava lá... — Flávio reaparece depois de cumprir sua parte no rodízio da louça do jantar. — Seu pai distribuía charutos, repetindo aquela cena batida do pai orgulhoso, aguardando seu rebento aparecer nas mãos da enfermeira...

— Você bem que poderia ser o biógrafo da família! — Juliana fecha o bloco ainda em branco, se retira com passos pesados de volta ao seu refúgio, na área íntima do andar superior. À saída, as recriminações de sempre: geniosa e insensível. Porém, eles não sabiam do sentimento de usurpação, jamais entenderiam a dor de arrancarem do peito o coração pulsando vigoroso e belo, a interrupção drástica de um convívio paterno idolatrado, a ausência da sua força soberana, a alegria e a atenção.

— Quando é que essa menina vai parar com isso! — Amanda se exaspera. — Ela já tem quase 16 anos. Bem que poderia amadurecer, afinal!

— A falta que sente dele... — Tocaio faz uma pausa desalentada. — Parece não ter fim. Que chance tenho contra um fantasma?

— Não fale assim. Você tem sido ótimo o tempo todo. Eu te amo! — falou convicta, voluptuosa. A mão afilada sobre a de Flávio Moretto que, eriçado, espera a sequência do contato.

Dois desconhecidos invadem partes íntimas de seus corpos nos diferentes cômodos da residência, degraus da escada, atrás de portas encostadas e janelas fechadas, dedos que medem espaços e volumes. Amanda o acolhia com ardor, mas para Flávio era sublime, como penetrar zonas proibidas. Por isso, o quarto de hóspedes era o espaço preferido, como uma zona neutra onde ninguém era dono de nada, apenas um local de passagem, um local de encontro.

No teto, o ventilador gira no máximo, os cabelos ruivos espalham fogo sobre os lençóis, uma fogueira que se consome aos poucos, lavada pela libido. Depois, as pás voltam a girar lentamente, e uma brisa suave seca os corpos suados, em cobertas revoltas.

— A empregada está ficando curiosa com o tal hóspede misterioso.

Amanda, nua, está sob o luar que invade o quarto pela janela aberta.

— O tal que dorme na casa, mas não senta à mesa do café.

— Acho melhor dormirmos em nossa cama. Não é para isso que ela serve?

— Para sua filha eu não deveria nem chegar perto daqueles travesseiros, que dirá fazer isso que fazemos aqui.

— Você dá muita atenção ao que ela diz. Que tal dar a mim um pouco dessa atenção?

Eles deixam o território neutro e ocupam o espaço destinado aos donos da casa; um deles, ao menos, se sentia como tal.

Cinco

Flávio se debate na cama. A noite está quente, abafada. Pela janela escancarada, o luar tinge a cama de azul prateado. Decide ir até a geladeira. No caminho, ouve um som abafado, um gemido. A porta do quarto de Juliana está entreaberta. Pela fresta, Tocaio vê seu corpo em suaves evoluções. Os braços estão apertados sob o púbis, tencionam, num sobe e desce sensual e clandestino, como o homem parado no corredor daquela casa que não era sua.

Coração disparado, mãos suadas, pernas trêmulas, Tocaio consegue, num esforço final, desviar os olhos daquele filme quase mudo. Passos relutantes o levam à cozinha. Se socorre da jarra d'água, virando-a sobre a cabeça dentro da pia. Queria que o frio congelasse aquela visão, quebrando-a em mil pedaços com o impacto de um machado. Senta-se à mesa, recuperando um ritmo de pulsação aceitável. Então, decide voltar para a cama, mas como esquecer aquela projeção? E se a sessão maldita ainda não houvesse terminado?

Abatido, Tocaio se joga no sofá da sala. O dia surgiria dali algumas horas e a vida seguiria seu curso normal. Forçava o pensamento nessa direção, quando os olhos se fecharam pouco antes dos primeiros raios de sol.

A empregada abriu as janelas, inundando de luz matinal a noite insone de Tocaio.

— Ah, é o senhor, seu Flávio, o tal hóspede misterioso? Dona Amanda sabe que anda pela casa à noite? Não gosto nada de segredo, já vou logo avisando, se ela, por acaso, vier me perguntar...

O som da voz se confunde com o de uma estação de rádio mal sintonizada. Tocaio concorda com a cabeça, o suficiente para que ela se cale e a dor de cabeça não o atormente mais.

— Seu Flávio, ia me esquecendo! Chegou isso aqui pelo correio pro senhor — a empregada desamassa com as mãos o pequeno envelope tirado do bolso do avental. Permaneceu tão amarrotado quanto o destinatário.

Havia ali apenas o cartão de visitas de uma loja. "Fúlvio Car – Joias em forma de veículos novos e usados". Atrás, rabiscado às pressas: "Venha me visitar, seu irmão, Fúlvio".

Era cedo e Amanda estava dormindo. Pisou sem peso o carpete aveludado do quarto, para, em seguida, buscar refúgio no banheiro. Com sorte, sairia antes do congestionamento na rodovia. Hoje, com mais um pouco desta sorte, a plateia da Escola Estadual Caetano de Campos, na Praça Franklin Delano Roosevelt, teria sua pílula semanal de literatura, no horário marcado.

— Ler poesia não é ler a página esportiva do jornal, embora existam craques que fazem poesia com a bola. Não é sequer ler uma página de romance. Sabem por quê? Uma poesia não se lê, se sente.

Alguém escondido na multidão o interrompe:

— Já estou sentado, professor!

A classe descamba numa sonora gargalhada, Flávio Moretto não consegue evitar uma contração estomacal. Aos alunos pareceu até um esboço de sorriso, mas não era nem sombra disso.

— Pois bem... alguém gostaria de experimentar?

Os jovens se entreolharam constrangidos. Perto da grande janela basculante, uma garota se levantou.

— Posso ler o poema que escolhi? Se chama "Braços" e é do escritor simbolista Cruz e Sousa.

Por um desses milagres recorrentes numa sala de aula, o vozerio da turma diminuiu, deixando a garota abrir a página do livro sobre a carteira. Quando começou, todos pararam para ouvir, alguns até sentiram.

Braços nervosos, brancas opulências,
brumais brancuras, fúlgidas brancuras,
alvuras castas, virginais alvuras,
latescências das raras latescências.

As fascinantes, mórbidas dormências
dos teus abraços de letais flexuras,
produzem sensações de agres torturas,
dos desejos as mornas florescências.

Braços nervosos, tentadoras serpes
que prendem, tetanizam como os herpes,
dos delírios na trêmula corte...

Pompa de carnes tépidas e flóreas,
braços de estranhas correções marmóreas,
abertos para o Amor e para a Morte!

Tocaio se vê diante das imagens do filme da madrugada. Palavra por palavra, a aluna ia narrando as sequências vistas pela porta entreaberta do quarto de Juliana. Não pôde evitar. Não queria olhar, mas as pálpebras teimaram em se abrir, o pescoço não obedeceu a ordem de desviar, as pernas relutaram, não conseguiram tirá-lo do lugar.

Agora, do mesmo modo, Tocaio não conseguia se mover. O fim dessa agonia, desse transe paralisante, veio com a salva de palmas e os assovios estridentes. Nunca fora tão bem-vinda a perturbação da calma da escola. Na plataforma equilibrada sobre tábuas oscilantes, o professor e sua mesa flutuaram na superfície revolta pela pressa dos alunos que, ao toque da sirene, abandonavam a sala de aula como ratos de um navio a pique.

Uma aluna, ao menos, veio na direção do professor cambaleante. Uma ajuda é sempre uma ajuda.

— O que o senhor achou? Deu pra sentir alguma coisa? — a aluna segurava uma pilha de cadernos e livros da biblioteca. O calor do verão faz brotar suor na camiseta branca. — Está tudo bem com o senhor?

— Está... tudo bem... É... a temperatura... Você escolheu um texto e tanto para a aula de hoje, Cruz e Sousa tem grande expressividade. Foi um homem que viveu intensamente seu tempo, viajou o país com uma companhia teatral, participou de movimentos políticos importantes pela instauração da República e pelo abolicionismo. Perdeu o pai cedo e a esposa ficou louca.

— Eu achava que só os poetas tinham propensão à loucura — com a mão livre, a aluna o ajudou a recolher os objetos sobre a mesa.

— Pra ficar louco, basta ser são. Na vida, em dado momento ou circunstância, quem pode garantir total sanidade?

— Não o senhor, hoje, tá muito esquisito — a garota deu as costas e desapareceu no fluxo de colegas.

Realmente, Tocaio não estava bem. A noite agitada, Cruz e Sousa, o poema, os braços – tais experiências não se enquadravam propriamente na sua rotina. Afinal, quem esperara tanto para chegar onde estava agora não tinha de passar por situações como aquela. "A esposa do poeta não precisava necessariamente enlouquecer", pensou ao descer as escadas revestidas com uma granitina gasta e imunda. Do corredor, podia ouvir as gotas de chuva, batucando no telhado de amianto que levava ao portão da escola. "Nem precisava chover tanto em São Paulo no verão."

Seis

As imagens de Juliana surfando ondas de libido explodem na cabeça de Tocaio como bolhas de sabão. Flutuam disformes em sua direção, se desfazem próximo ao para-brisa, que adquire a característica embaçada de sempre. Se, pelo menos, as águas do verão as levassem, como faria um detergente qualquer... Flávio Moretto se via escorrendo pelos esgotos, empurrado para as entranhas da terra.

A chave na ignição dá partida ao motor, que reinicia o tiroteio do cano de descarga em meio ao tráfego pesado da tarde. O carburador, afogado em gasolina, engasga na marcha lenta. Com a habilidade de quem conhece a máquina desde os primórdios, Tocaio encosta o pé direito no pedal do acelerador duas vezes antes de engatar a primeira marcha. Truque de quem desde o começo lida com equipamentos de segunda, como no começo, ao lecionar numa escola da periferia. "Tudo se arruma. Com o tempo você se acostuma", disse o antigo diretor da escola ao novato que estranhava as carteiras quebradas, a lousa encardida e a falta d'água nos banheiros. "Aprendemos a arte do improviso, a conhecer as manhas do sistema, seja ele social, educacional, econômico, qualquer um, basta querer." Tocaio acrescentaria agora dentro de seu veículo, combalido pelo uso em marcha lenta e abastecido com combustível de procedência no mínimo duvidosa, "os sistemas mecânico, elétrico e emocional". Ele, como seu carro velho, exigia cuidados especiais do motorista, tinha um coração que precisava de dois toques suaves no acelerador.

Novo sinal fechado. O motor dá mostras de encerrar atividades. Dois toques no pedal, dois toques na janela dois dedos aberta.

— Pode me dar uma carona?

Flávio Moretto baixou o vidro mais dois dedos. A chuva respingou pela fresta.

— Entre aí! — acenou com uma mão, puxando o trinco da porta com a outra.

De dentro do carro viu apenas um vulto escuro, contornando o capô, agarrando o trinco pelo lado de fora.

— Obrigada! — a garota sorriu pingando gotas de simpatia e água da chuva. — Pode seguir seu caminho, não moro longe daqui. É na próxima avenida à esquerda. Quando chegarmos lá, explico de novo...

Tocaio é quem estava engasgando. Ao seu lado, se sentara Juliana, não fosse pela voz um tom mais grave, os cabelos castanhos e as roupas extravagantes. Mas ela não estaria em plena esquina, completamente ensopada, entrando em qualquer fusquinha no centro da cidade. Muito menos no dele.

O sinal abriu, o carro morreu.

— Eu não empurro! — a garota deixou claro, enquanto desembrulhava um chiclete. — Quer metade?

— Não, obrigado!

O dia era mesmo de milagres, foi só virar a chave e o motor deu sinal de vida. Sob o buzinaço dos carros parados atrás, o fusca retomou movimento. Seguiria seu caminho habitual, pelo menos até que a explicação o tirasse do rumo.

Aposta feita, aposta perdida. O caminho de retorno daquele dia incomum foi igualmente incomum. Tocaio se deixou levar pelo trânsito engarrafado, em meio à chuva, e com o carro tossindo. Deixou se levar pelas ruas do bairro de Pinheiros, onde conhecera Amanda; pelo perfume ocre que exalava do braço da garota a limpar o maldito para-brisa embaçado.

— É ali que eu moro! Pode parar nesta esquina.

Feito um motorista, ele obedeceu pela última vez sua indicação. A garota desceu do carro, deixando uma marca circular e úmida no acento.

— Obrigada! — se virou rapidamente e sumiu entre as pessoas.

Naquela esquina, parado, Tocaio recolheu seus pedaços, como se juntos formassem o mesmo Flávio Moretto que havia antes.

Aposta feita, aposta...

Sete

Se as histórias começam de um princípio, a de Amanda teve o seu nas primeiras ligações de Flávio Fontoura. Até aquele momento, tudo girava em torno da escola e das colegas mais chegadas, o que não era muito. Única filha de uma jovem viúva, se sentia um estorvo para os planos da mãe, que pouco parava em casa e logo encontraria um novo amante.

— Poderíamos pegar o mesmo ônibus! — Biotônico destilou sua conversa melosa cheia de intenções.

— Está bem! — ela disse assim, como que por acaso. — Se você quiser, pode passar lá na escola.

E eles passaram mesmo. Os Flávios inseparáveis, um retraído e calado, o outro simpático e falante. Nos dias que se seguiram, o falante se revelou um legítimo Fontoura, sobrenome tradicional no ramo da construção civil; o tímido, por sua vez, se mostrou cálido, terno, de palavras macias e gestos econômicos.

Juntos, se completavam. Aquilo que sobrava num, faltava no outro. Biotônico tinha as ideias e os meios, Amanda e Tocaio, o fascínio e a disposição em acompanhá-lo.

A ruiva logo se viu atraída pelo vigor inconsequente, misturado à aura inquieta daqueles Flávios. Junto deles, a vida se revelava em possibilidades inesperadas, como descer a rua Augusta a cento e vinte por hora.

— Papai me mata se nos pega com a relíquia dele! — disse Biotônico, logo que retomou o controle do DKW Vemag. — Ele se apegou de tal maneira a este carro... Há tempos nem o tira da garagem. Vocês entendem, é um favor que estamos fazendo, botando o carro pra rodar — pisou de novo com força o acelerador. — Isso se chama manutenção preventiva! — e virou o volante abruptamente, contornando a esquina à direita, invadindo a rua Estados Unidos.

Amanda perdia o fôlego com o vigor e a agitação de Biotônico, mas o recuperava na serenidade de Tocaio.

— Ele vive no mundo das Letras... — Biotônico repetia toda vez que podia, mas isso era de pouca valia para Tocaio, que as preferia mesmo; letras, ficção, devaneio, ilusão, esse material de que é feita a subjetividade.

Amanda vivia nesse nível mundano das coisas. Foi cercada sim, mas também se deixou cercar ou se acercou do cada vez mais apaixonado Flávio Fontoura.

Passado algum tempo, não houve mais como resistir a tantos apelos. Amanda se entregou aos arroubos de Biotônico com a devoção dos que acreditam no conforto das riquezas terrenas, e não nos sonhos de papel e tinta de Tocaio. No estofamento impecável do carro, se deixou inundar pelo dilúvio, sucumbir sob a avalanche, se rasgar na lança febril do mais valente e poderoso dos Flávios. Decidira ali seu destino, construído sob a égide dos Fontoura. Estudaria, ocuparia espaço nos negócios da família e daria um neto ao velho Bento Fontoura. Seria feliz, entre viagens ao exterior e a casa aconchegante, num próspero e valorizado bairro de São Paulo, mantendo Tocaio contido e acessível em sua bolha romântica.

Mas até quando ele estaria ali, envolto em possibilidades remotas, em projetos nebulosos revitalizados com simples olhares lânguidos e segredos picantes? Naquela época, Amanda não tinha noção de quanto tempo conseguiria manter os sentimentos de Tocaio cobertos pelo manto curto da amizade.

Logo que Juliana nasceu, tais questões não ocuparam um minuto sequer de seu tempo.

O quarto da menina estava envolto pela luz púrpura do abajur. Sentada na poltrona junto ao berço, Amanda compunha um quadro materno de dor e amor. Tinha os bicos dos seios machucados pela avidez da filha e o marido aos pés, suplicando atenção.

— Nós sempre nos demos bem, não é, Amanda? — Biotônico iniciou a conversa pelo óbvio. Tinha afiado um discurso direto e objetivo, mas cedia ao estilo diagonal, tangenciando sempre aquilo que queria dizer.

— Nós? Quem? — ela devolveu os rodeios, embalando Juliana nos braços.

— Hora, nós... eu, você, Tocaio...

Algo no tom de voz chamou a atenção de Amanda.

— Aconteceu alguma coisa?

O olhar de Biotônico, ao invés de diabólico, travesso, tinha contornos fatalistas.

— Vai acontecer... Papai está numa situação muito difícil. Os negócios se arruinaram de vez.

O tom era fiel ao que se desenhara nos últimos anos de prejuízos acumulados.

— Você só pode estar brincando. Não tem dois meses que estive lá e estava tudo normal...

Flávio Fontoura a interrompeu, apontando para a criança que acabara de dormir. Eles apagaram as luzes do quarto e levaram suas preocupações para a sala.

— Você pode fazer o favor de explicar esta conversa maluca?

— Estive com papai no escritório. Pensei que ele havia me chamado para repetir aquela ladainha de trabalhar na empresa da família, e tudo mais que você já sabe... Mas não foi nada disso. Ele estava realmente abatido. Até agradeceu por eu ter meu emprego na seguradora. Fiquei chocado! — Flávio efe a encarou num misto de apreensão e desamparo.

Efe de fraco.

— Chocada estou eu! A maior parte de nossa renda vem de lá. É o meu emprego, esqueceu? —era apenas uma amostra de toda a indignação que sentia.

— Não. Eu não esqueci, fique certa! — Biotônico retorquiu ofendido.

— Por que não me disseram nada? Esconderam tudo de mim o tempo todo! — reclamou de sua ignorância, culpando-a por destruir seus projetos elaborados com tanta minúcia e dedicação. Até uma filha se dispusera a gerar para garantir seu sucesso. E, agora, tinha pela frente uma situação completamente inesperada.

— Estou lhe dizendo, agora! — Biotônico reagiu, assumindo a parte da culpa que lhe cabia. — Ora, Amanda, que diferença faria preocupar você prestes a dar à luz? Só faria nos prejudicar ainda mais.

— Nunca mais faça isso! — ela o encarou transtornada. — Nunca mais esconda nada de mim. Prefiro me preparar para o pior, a ficar como uma idiota, vendo minha vida ser posta de cabeça para baixo.

— Não se trata somente da sua vida! — Biotônico retrucou, elevando a voz mais do que queria.

No quarto, a outra vida se manifestou a plenos pulmões.

— Veja o que você fez! — Amanda saiu em socorro da filha. Para Juliana, repor a chupeta na boca era o que bastava para que tudo voltasse ao normal. Para Amanda e Flávio, o normal seria algo que jamais voltariam a conhecer.

De fato, os Fontoura eram gente honesta e decente. Por isso, a falência levou praticamente toda sua fortuna. Declaravam ao fisco o que realmente tinham e, com o orgulho dos vencidos, se reorganizaram numa pequena administradora de condomínios e imóveis residenciais. Reduziam a escala das operações, mas mantinham o que de mais valioso o velho Fontoura preservara, o nome limpo e honrado.

Sem as grandes incorporações e empreendimentos imobiliários, o talento de Amanda para fama e fortuna ficava definitivamente constrangido.

— Temos que fazer alguma coisa, e depressa! — decretou, após recolher a louça do jantar. — Não vamos ficar de braços cruzados e ver nosso padrão de vida escoar pelo ralo. Seu pai também é tão...

— O que tem meu pai? — Biotônico a interrompeu, como que evitando uma blasfêmia.

— Honesto, Flávio Fontoura, honesto demais. Tantos conseguiram salvar seu patrimônio... Seu pai bem que poderia ter uma conta no exterior, um porto seguro, a salvo desta confusão.

— Sei, a salvo — disse com escárnio. — Se você não se preocupasse tanto com estas coisas, tudo seria melhor. Minha família passou a vida inteira correndo atrás de dinheiro, o mesmo que você quer manter a salvo, no exterior.

— Que mal há nisso? Todo mundo quer viver melhor, prosperar e deixar o fruto de seu próprio esforço livre das sanguessugas do governo — havia certeza, embasamento filosófico, nesse discurso. A convicção inquebrantável de quem retira talheres de prata da mesa do jantar.

Flávio Fontoura olhava para a menina sentada à cabeceira da mesa, brincando com os restos de arroz sobre a bancada. "O meu problema é você, filha. Como vou viver sem você?" – um momento de solidão em que seus pensamentos fluíram livremente. Todavia, quem arriscaria negar que a criança estava entendendo tudo? Impossível dissimular o que se passa no seu coração. Ligações se fazem num instante, e aquela entre pai e filha era incontestável.

Flávio Fontoura tinha um plano na cabeça, mas sabia que dificilmente daria certo. Porém, havia pelo menos uma chance. Em planos assim, ou ninguém em sã consciência dá curso para ver o que acontece, ou acabam malogrados de qualquer jeito.

Amanda, de sua parte, tinha contaminado no sangue a praga do pragmatismo.

— Estou pensando em abrir um negócio próprio — disse da cozinha para não ter de ouvir reclamações. — Você está me ouvindo?

Biotônico ouvia, mas era Juliana quem ocupava sua mente. Ela sorria sem dentes, fascinada pela presença do pai e entendendo tudo.

— Arquitetura de interiores, é nessa área que vou abrir um negócio! — a voz ganhou confiança, apontava para o futuro.

— Decoração? Não parece lá estas coisas! — ele não encontraria entusiasmo em nada naqueles dias incertos.

— Não tem nada a ver com o que você conhece — Amanda creditou certa solenidade e seguiu dizendo —, vou prestar consultoria em projetos de interiores...

— Sei! Reformas, reboco, pisos quebrados, tinta fresca nos dedos... Você pode chamar isso do que quiser, para mim não passa de construção civil.

Flávio Fontoura se recolheu abruptamente, como era de seu feitio. Deixou a filha sentada à mesa, ao alcance da pilha de maçãs na fruteira. Ela faria bons estragos antes de tirar sua mãe dos cifrões.

Oito

Os primeiros meses após esta conversa foram de intensa agitação. Amanda tratou de reorganizar sua vida profissional, contatou produtores de materiais de revestimento, esquadrias de alumínio, fábricas de tinta e um sem-número de indústrias de materiais de acabamento. Em princípio, achou interessante começar sua nova atividade de forma independente, como representante comercial, mas logo se aborreceu com metas de vendas, relatórios de visitas e as muitas obrigações burocráticas exigidas pelas diretorias comerciais. Numa carta padrão, abriu mão do serviço, mas manteve as portas abertas como potencial consumidora em larga escala.

Sonhava com isso até que os primeiros projetos aparecessem. Tendo acesso às tabelas de preços e ao fornecimento direto das fábricas, Amanda teve lucro extra ao especificar os materiais de seus antigos representados. De qualquer forma, se servia de um expediente tradicional – comprar pelo preço de fábrica com desconto e vender pelo preço do varejo ou mais.

Flávio Fontoura, por sua vez, desbravou os meandros da seguridade. Mais do que ave de mau agouro, tentava convencer os clientes sobre as vantagens de viver mais tranquilo, sabendo que seu patrimônio ou sua renda seriam repostos de pronto, diante de um imprevisto que tem lá suas chances de acontecer.

— No ramo de seguros isso chama sinistro, mas tenho um amigo poeta que chamaria de eventualidade nefasta ou resultado indesejado — o atônito transeunte havia sentado ali sem saber ao lado de quem, um corretor mirando em todo alvo móvel, pronto para abrir sua pastinha 007. — Você pode dar o nome que quiser, mas o fato é que sinistros podem ser mensurados por pesquisas e analisados em estatísticas, e mesmo que você não considere os números totalmente confiáveis, e não são mesmo, em algum grau elas estão certas e representam a realidade. Responda pra você mesmo... Quantas pessoas você conhece que morreram sem ter deixado nada para a família? Quantos perderam o carro por não ter seguro e nem dinheiro para responder por eventuais danos e prejuízos a terceiros?

O transeunte, coitado, a essa altura estava paralisado de terror. Biotônico contemporizou.

— O seu caso é como o meu e de todo mundo: você não tem reserva financeira para qualquer uma dessas eventualidades, mas pode pagar um seguro contra todas elas.

Foi com a costumeira conversa melosa que ganhou a confiança de empresários e pessoas físicas, aumentando dia a dia a sua carteira de negócios. Porém, era Biotônico o mais apreensivo de todos. Tinha mulher e filha para zelar, e sabia que de seus pais, dificilmente, alguma garantia adviria nos próximos tempos. Amanda não se acostumava com uma vida menos glamorosa, e os negócios em que se metera dariam, certamente, muito mais dor de cabeça do que dinheiro.

— No começo é assim mesmo! — disse Bento Fontoura, numa ocasião em que reunira todos para um almoço em família. — Os novos negócios são como filhotes indefesos, qualquer coisa os derruba, mas com o tempo andam com as próprias pernas, e, aí, ninguém mais segura. Confie em sua mulher, filho, ela sabe o que quer, e é muito talentosa.

Mesmo assim, Biotônico não descansava enquanto não fechava a meta de vendas definida para o mês ainda durante a primeira quinzena. Com os ganhos sobre o excedente comprava apólices de seguro de vida. Como os propagandistas dos laboratórios farmacêuticos que, via de regra, se tornam hipocondríacos, Flávio Fontoura acumulou apólices, considerando que, a partir delas, a filha e a mulher estariam seguras.

— Você está ficando maluco! — Amanda, exasperada, ao abrir o cofre do quarto. — Isso já está virando paranoia, Flávio Fontoura. Você faz apólices de seguro como se fossem cadernetas de poupança, homem de Deus!

— É para o nosso bem. Vivo por aí, viajando. Tudo pode acontecer...

— Se você continuar enterrando tanto dinheiro nisso, eu sei bem o que pode acontecer.

Amanda não escondia a decepção, nem qualquer outro sentimento, principalmente depois do casamento e do desfecho de sua carreira na empresa do sogro. Pragmatismo emocional.

Aquilo tudo era um balde de gelo no caldeirão de sua sorte. As dificuldades com o novo trabalho, os clientes mesquinhos que teimavam em cortar o orçamento, tudo concorria para torná-la ainda mais amargurada. Sem dúvida, aquele não era seu plano para o futuro, e, pior, não tinha alternativas, a não ser continuar insistindo mais e mais.

Numa sombria tarde de inverno, Amanda marcou um encontro com Flávio Moretto. Há semanas não o via e precisava do velho ombro amigo para desabafar suas angústias. Reconheceu-o ao subir as escadas do bar Riviera, onde Consolação e Paulista também se encontravam.

Mantinha o passo miúdo e despreocupado dos inocentes e o olhar morno dos apaixonados.

— Aconteceu alguma coisa? — na sua mente, uma lista de amenidades que passou pela economia, esportes e cultura.

— Nada... — ela disse pouco convicta.

— Você me chamou aqui pra me contar nada? Sua cara conta tudo.

Os olhos de Amanda se encheram de lágrimas, o rosto virou para o lado, envergonhada das próprias escolhas e, mais que tudo, dos resultados obtidos.

— Ah, Flávioooo! — encarou-o num arroubo de coragem. — Está tudo dando errado em nossa vida... — Amanda o olhava como se a vida a qual se referia fosse a deles. Tocaio, ainda atônito por considerar tal hipótese, estava pronto para a qualquer momento convencê-la a fugir, abandonar tudo, casa, marido, apanhar a filha, sumir na vida e correr atrás do tempo perdido.

Mas isso era tão provável como ele conseguir recursos para tal sendo professor da rede pública de ensino. Era o Flávio eme, que vivia na m...

Mais uma vez, calou o grito do seu coração e, por mais infame que pareça, foi o racional e previsível Flávio Moretto que disse:

— Você não pode se queixar, tem um homem que a ama —referindo-se a si próprio, é claro —, tem uma filha linda e uma profissão na qual seu talento é reconhecido. O que mais está faltando?

A pergunta soou com uma resposta implícita – eu.

— Tudo! — Amanda respondeu, para frustração de Tocaio. — Falta tudo! É como se nada fizesse sentido, como se o cartaz do cinema anunciasse um belo filme de amor, mas quando as luzes se apagam...

— Quando as luzes se apagam é o conde Drácula quem a toma nos braços e beija seu lindo pescoço.

— Não brinque com coisa séria — a ruiva resmungou contrariada, enxugando as lágrimas com a ponta dos dedos. — Descobri que sou profundamente infeliz, e você nem se importa com isso.

Tocaio segurou suas mãos úmidas de lágrimas e colocou um tom solene ao que disse:

— Me importo muito com você, Amanda. Você não faz ideia. Só não posso concordar quando diz que é infeliz, ainda mais profundamente. Isso é exagero. Você pode ter certeza de que é muito, muito amada.

— Você não imagina o que é ver seus planos desabarem de uma hora para outra, saber que nunca poderá ter o que deseja... — ela o encarou por um momento e desviou o olhar. Lágrimas de volta.

Flávio Moretto poderia juntar as suas que escorreriam em cascata pela grande escada em curva, inundando o Riviera. Ele teria muitas histórias para contar sobre sonhos perdidos, uma profusão de palavras nessa cascata improvável, matéria frágil demais no mundo de argamassa e concreto de Amanda.

— Sei sim, mais do que você pensa — Tocaio não conseguiu disfarçar a morbidez no seu comentário. Mas esse e outros detalhes não eram percebidos por Amanda, que tinha à frente seu drama particular.

— Carrego o fardo das minhas escolhas. Tenho de aguentar a vida que escolhi pra mim. Não tem jeito. E é isso o que mais me revolta, não ter um jeito.

Os olhos de Tocaio se iluminam, imaginando coisas, ela poderia estar se referindo a eles, aos Flávios, àquela escolha da ruivinha de sorriso aberto diante dos garotos enamorados. Em certo aspecto, tinha razão.

Amanda tomou um grande gole de chope, antes de destilar sua amargura.

— Fui eu que decidi trabalhar na empresa dos Fontoura — outra vez Tocaio murcha. — Que burra eu fui achando que um dia comandaria um império.

Flávio Moretto ainda conseguia se divertir com sua desventura, mas a acidez do sarcasmo não lhe fazia bem.

— Grandes impérios, grandes quedas. Foi assim com otomanos, persas, romanos, ingleses, espanhóis, portugueses... A história está cheia de ascensões e quedas. Faz parte da natureza dos homens e das estrelas, brilharem e se extinguirem, acenderem e apagarem, viverem e morrerem.

— Você não está sendo de muita ajuda com toda essa contradição — Amanda o interrompeu; parecia inconformada. — Esperava mais de você, Tocaio.

— Todos esperamos muito uns dos outros — ele a fuzilou com olhos de amargura e decepção.

— Acho que não foi uma boa ideia encontrar você. Espero que melhore seu humor numa próxima vez — disse sem dar garantias de que haveria uma próxima vez.

Tocaio se viu em apuros.

— Perdão — inventou na hora uma desculpa —, não tenho andado bem de saúde. O inverno acaba comigo. Não me leve a mal.

Eles se despediram sem muito entusiasmo. Tocaio se retirou no seu passo incerto, cambaleante, mesmo sem ter bebido nada ou estar em sua mesa na sala de aula. Expectativas servem para derrubar qualquer tentativa de felicidade. Tocaio não era infeliz até ter visto a possibilidade de ser feliz.

Aqueles não eram bons tempos para novos empreendedores. Marcada pelo fracasso recente dos Fontoura, que ainda estavam longe de serem considerados recuperados pela alta sociedade paulistana, Amanda teve de amargar insucessos, um atrás do outro. Não que suas ideias fossem ruins, o problema estava na lucratividade dos projetos, em geral pequenas reformas em casas e apartamentos de classe média, todos preocupados em economizar cada vintém. Ia por água abaixo seu esquema com as fábricas e o faturamento extra na compra de materiais. Quando apresentava seus orçamentos, eram invariavelmente comparados com as listas das lojas de materiais de construção, e o custo da mão de obra com pedreiros, marceneiros e ajudantes apresentavam sensíveis diferenças para mais. Ela tentava justificar com garantias inexistentes de qualidade, prazos de entrega e facilidades no pagamento, o que pouco adiantava para convencer os clientes de bolsos minguados.

— Você precisa encontrar um diferencial, algo que justifique seus preços — disse Biotônico, numa noite em que a encontrou insone, perdida entre faturas e notas fiscais. — Precisa de algo que convença as pessoas a pagarem mais por aquilo que, de alguma maneira, encontrariam em qualquer esquina.

— Um diferencial... — ela repetiu, injetando os olhos congestionados nos dele. — Não sei, acho que preciso vender projetos para gente que possa pagar mais por eles, e desistir desses unhas de fome. São todos uns mesquinhos. Desprezam as melhores soluções por causa de migalhas, de centavos. É muito difícil trabalhar assim!

— Talvez você esteja insistindo com coisas muito sofisticadas... Hoje em dia, as pessoas estão mais preocupadas com o funcional e menos com o rebuscado de maçanetas de latão trabalhado, tetos de gesso esculpido e todas essas futilidades que você inventa.

— Só me faltava essa, agora! — ela conseguiu ver um lado irônico naquilo. — O vendedor de seguro dando palpites de arquitetura. Não sabia que você era tão eclético assim!

— Só sei que, de um jeito ou de outro, os papéis que vendo pagam nossas despesas. Se você desse ouvidos ao que seus clientes têm a dizer, talvez não perdesse o sono tão facilmente... Amanhã, quem vai inventar uma forma de pagar a prestação desta casa é o eclético aqui, e não a talentosa arquiteta de interiores.

— Você não levantou da cama a esta hora para me infernizar, né? — se voltou acintosa para os papéis espalhados sobre sua prancheta apinhada de esboços e plantas baixas.

— Não, na verdade a conversa que gostaria de ter com você é bem outra. Mas deixa pra lá. Não é uma boa hora...

Biotônico esperou que Amanda insistisse, abrisse o jogo e falasse tudo de uma vez. Uma conversa definitiva para dar solução para muitas das pendências daquela recém-formada família. Mas não foi o que ouviu quando se retirou para o quarto. Na verdade, ele não ouviu mais nada, pois Amanda se voltou para as faturas e os desenhos e ele, para o sono interrompido.

Flávio Fontoura carregava a angústia dos que tomam decisões pelo ímpeto. Adrenalina vicia, mas o frio na espinha deixa de ser uma sensação agradável com o tempo. Sua vida não era mais a das curvas velozes contornadas com o DKW surrupiado da garagem do velho Fontoura. Agora estava montado em dívidas e sustentando uma mulher irascível de hábitos fúteis. Não fosse por Juliana, ele, talvez, já tivesse posto em marcha o que considerava uma solução final para toda aquela barafunda.

— Tocaio, preciso falar com você! — Biotônico anunciou pelo interfone da portaria, no edifício Copan. — Posso subir?

Nem mesmo ouviu a confirmação. As portas do elevador estavam abertas para receber o corpulento visitante.

— Aconteceu alguma coisa? — Flávio Moretto repetiu a frase dita num encontro há poucos dias.

— Ainda não, Tocaio, mas do jeito que as coisas vão... Sei lá!

Biotônico foi direto à geladeira e encontrou apenas água.

— Que diferença! Lá em casa, quando abro a porta da geladeira, quase cai tudo, de tão abarrotada! — encheu o copo utilizado anteriormente para acondicionar geleia.

— Geladeira de professor. É só pra fazer gelo...

— Não vim até sua casa para inspecionar a geladeira, Tocaio. Preciso conversar com alguém. Não aguento mais tanta pressão.

Flávio Moretto empilhou os livros jogados sobre o sofá surrado e acomodou o amigo numa posição confortável. Estava começando mais uma sessão desabafo.

— Pode falar, Biotônico. O que você andou aprontando? — fez as palavras soarem fraternais e compreensivas, embora escondesse o desejo inconfessável de jogá-lo porta afora e mandar que se virassem sozinhos, ele e Amanda.

— Pior é que não, amigo! Minha vida tem sido trabalho-casa, casa-trabalho. Tenho me esfolado para manter os caprichos de Amanda...

— E o que tem demais nisso? Não é o papel do marido cioso de seus deveres?

Flávio Fontoura o encarou seriamente. Visualizava sua condição de forma nítida, e isso decididamente não o agradava.

— Você pode me responder uma coisa, sinceramente? — a conversa começava na forma evasiva de sempre, embora Tocaio tenha notado um tom de seriedade ao ouvi-lo acrescentar o sinceramente.

— Você sempre começa assim quando quer me ferrar, Biotônico...

— Sinceramente, não se trata disso. Só quero que seja verdadeiro comigo — reafirmou. — Disso depende uma série de coisas que estou planejando.

— Vamos, pergunte, mas se eu quiser não respondo nada. Você é muito esperto! — tentou assegurar uma alternativa de defesa, o que pouco adiantava em se tratando de Biotônico e sua conversa persuasiva.

— Se acontecesse alguma coisa... Uma coisa séria, entende? — as voltas de praxe.

— Não, não entendo. O que você considera uma coisa séria?

— Sei lá, morrer alguém é uma coisa séria — a expressão vaga.

— Se quem morresse, Biotônico?

— Sei lá. Alguém. Um vizinho, amigo, qualquer um.

— Sim, alguém morre. E daí? O que é que tem? Morreu, enterra! — Tocaio disse, impaciente. — Que conversa maluca! Você está querendo matar alguém?

— Sim e não. Quero dizer... — e nisso lhe veio à mente as palavras pequeninas, minúsculas, sub-reptícias, escondidas nos contratos das apólices que vendia. — Se um cara sumir... Isso mesmo, sumir define bem o que estou querendo dizer... A vida desse cara pode ser ocupada por outro?

— Você fala de reencarnação... Não entendo nada disso.

— Não, Tocaio! Estou falando de outra coisa.

— Desculpe, Biotônico, você está delirando, bebeu muita água. Que papo mais absurdo! Onde quer chegar? Quantas voltas vai dar?

— Um homem pode ser substituído com facilidade, não é? Ninguém tem importância neste mundo. Qualquer um pode chutar seu traseiro, dizendo que seu tempo acabou e agora o lugar é de outro.

— Você está a perigo no seu emprego?

— Não, Tocaio! Não é nada disso. Você, também, não entende nada!

Flávio Moretto estava realmente cansado daquela conversa capenga de Biotônico. Amanda estava daquele mesmo jeito, intratável.

Aquele casamento não estava indo bem, era só somar um e um. Geralmente, no caso deles, um e um davam três. Ele era o terceiro.

— Vamos, Biotônico, diga logo! Você e Amanda estão bem? — perguntou ansioso por uma resposta promissora, um "não, não estamos nada bem e vamos nos separar".

— As coisas nem sempre são como a gente quer. Mas, no geral, tudo vai bem, acho! — sem muita convicção. — Às vezes brigamos, por causa de grana... A falta dela! No mais... o que você quer saber especificamente?

— Eu? Nada... Tá ótimo! O que você contou já chega — Tocaio procurou encerrar o assunto e evitar os detalhes.

— Você acha que há alguma coisa errada? Ela contou alguma coisa pra você?

— Pra mim? Imagina...

Se houvesse uma fenda qualquer no piso da sala, Tocaio teria se metido nela, até que a visita fosse embora.

— Eu não acho nada, não sei de nada, não posso fazer nada... Nesses assuntos, sou um completo ignorante.

— Assuntos, hein? Você não sabe nada mesmo, Flávio eme, de mentecapto.

Depois que Biotônico foi embora, um silêncio providencial ocupou o pequeno apartamento, no alto do edifício cartão-postal de São Paulo. Pelas aletas que emolduravam a janela, o sol caiu rápido, como se houvesse uma bola de chumbo presa a ele. Com a noite, veio também uma sensação de vazio. Aquela seria a última vez que Tocaio veria Biotônico em seu apartamento. Ali, houve mais do que uma despedida, ali os amigos se separaram. Um se foi, envolto nas mesmas dúvidas com que chegara, o outro ficou, com sua geladeira vazia, o estômago queimando e uma última dose de efervescente.

Nove

Amanda circula pela casa, examina trincos de janela, vidros fechados, aflita pela falta de notícias de Biotônico. O semblante apreensivo emoldura ideias mórbidas num ano de tragédias nacionais. Após décadas de autoritarismo, Tancredo Neves, o primeiro presidente civil brasileiro, penava no Hospital de Base, em Brasília, internado horas antes da posse.

A nação acompanhou o martírio do bom velhinho de olhos amendoados. Uma inflamação do tamanho de um limão galego no divertículo de Meckel, o diagnóstico fatal. Trinta e oito dias de agonia em que boletins médicos soavam como mensagens póstumas. Havia um intestino doente entre o regime militar e a Nova República.

Mas as preocupações de Amanda não eram pela incipiente abertura política brasileira, embora a morte, em certas ocasiões, seja uma grande oportunidade, principalmente para vice-presidentes e amigos apaixonados.

Um ano de frustrações aquele de 1985. A sina vencendo a crença, a falta de esperança levando ao desespero. Cenário ideal para bruxas e ideias mirabolantes.

As aflições de Amanda se materializaram numa ligação telefônica, na voz de um anônimo burocrata do Hospital de Clínicas.

— Senhora Fontoura? Seu marido está internado neste estabelecimento... Foi um lamentável acidente... na marginal... Há duas ou três horas... Ele está na Unidade de Terapia Intensiva... setor de queimados... Precisamos da presença de um familiar.

Um familiar, tudo o que precisavam. Amanda chamou o amigo.

— Mantenha a calma, já estou chegando aí! — Flávio Moretto parecia próximo, ao telefone.

— Não, eu apanho você na sua casa — ela traçou as coordenadas, na sua voz não havia desespero, mas uma objetividade inesperada para Tocaio.

Amanda o encontrou trêmulo, embrulhado numa capa de chuva. Fazia frio na alma do menino de Miracema que aguardava a hora de estar diante de seu amigo. Sentia-se fraco, como se a força vital viesse do sopro vigoroso de Biotônico, o coração compassado ao dele, agora monitorado por máquinas e pessoas estranhas ao seu redor.

Havia cumplicidade no olhar daquele inusitado casal. Passava das quatro horas da manhã. A encobri-los, o manto da noite e a chuva fina de outono.

— O que disseram no hospital? — Tocaio quebrou o silêncio.

— Não entram em detalhes por telefone — Amanda dirigia o automóvel com cuidado nas vias desertas. Seguiam, sem vontade de chegar, pois no final da próxima rua, seus destinos tomariam novos rumos.

Amanda se manteve numa inesperada calma. Não fosse a aliança no dedo e ela até seria confundida com uma amiga qualquer do paciente internado na Unidade de Terapia Intensiva, vítima de traumatismo craniano, fraturas múltiplas e queimaduras generalizadas.

Quando empurraram a pesada porta de vidro, na entrada do hospital, uma certeza os invadiu — daquele prédio, só um Flávio sairia com vida.

O médico constatara morte cerebral havia pelo menos uma hora, restando aos parentes aguardarem o desfecho no saguão da recepção. Nenhuma informação foi acrescida ao boletim de ocorrência que os policiais terminaram de lavrar.

Acidente automobilístico, veículo de passeio...

Seguiam-se data, local e horário. Abaixo, a assinatura rabiscada com displicência pelo escrivão de plantão.

— Sinto muito, senhora, mas temos de preencher alguns formulários para liberar o corpo. Como se pode ver — apontou para as pessoas no corredor a aguardarem atendimento —, teremos muito trabalho. A noite ainda é uma criança... Com licença... — o policial conteve seus comentários diante do olhar gélido de Amanda. Ao seu lado, Tocaio se manteve imóvel, incrédulo, diante dos fatos que se consumavam naquela prancheta.

— A senhora já fez o reconhecimento do corpo? Não sobrou nada do carro, os documentos devem ter se incendiado também.

— Bem, ele está todo enfaixado, mas... é ele sim. A marca do carro... as roupas, o que restou delas... Só podem ser dele sim.

— Se a senhora, que é a esposa, está dizendo... Quem sou eu pra duvidar, não é mesmo? — o funcionário deu de ombros antes de traçar uma cruz ao lado do item identificação positiva, no formulário.

Assim, o corpo de Flávio Fontoura foi embalado no esquife e voltou às principais ruas da cidade, seguido pelo cortejo de dezenas de carros, ocupados por familiares e amigos chorosos. Ao fim daquele mesmo dia frio e úmido, o caixão baixou sepultura no Cemitério da Consolação, reunido aos despojos dos Fontoura. As lágrimas se confundiram com lenços e óculos escuros. Ao cair da noite, as pessoas vestidas de negro deixaram o jazigo na companhia dos coveiros e dos outros mortos.

Dez

A luz do sol invade a sala de aula pelos vidros quebrados da janela basculante. Lá fora, o vento remexe as copas das árvores ao redor da escola e o calor mantém a letargia educacional em seu estado gelatinoso. Alunos fingem ouvir e professores imaginam ser ouvidos, ao repetirem seus pontos decorados.

No corredor, as vozes se misturam aos ecos de falsa ênfase. Rumores inócuos evoluem escada acima, enquanto eventuais explosões de risadas e xingações desabam pela construção centenária.

Numa das salas do andar superior, Flávio Moretto encaminha o restante de sua aula de gramática:

— Para concluir a aula de hoje, vamos falar sobre concordância.

Alguns alunos se ajeitam para ouvir, outros para dormir. Aquela manhã havia passado sem incidentes, a rodovia teve o tráfego fluente, Flávio chegara no horário e a turma estava surpreendentemente tranquila.

— Para vocês, qual seria a regra geral da concordância verbal? — lançou a pergunta esperando o pior.

— Concordar sempre! — disse um aluno escondido atrás dos colegas.

— Quem respondeu isso? — Flávio Moretto examinou os rostos esquivos. — Está absolutamente correto, concordar sempre, o verbo com o sujeito, em número e pessoa, é claro!

Ao dizer isso, vários alunos manifestam autoria, retomando a algazarra de sempre. Um antiácido, o que Flávio Moretto mais desejava naquele momento. Contudo, a sirene acabou servindo de remédio. O fogo no estômago se extinguiu rapidamente, quando viu, as carteiras estavam vazias.

De volta à trajetória que o levaria ao carro, Tocaio tentou afastar da mente as imagens de Juliana. As costas nuas, o cabelo de fogo em desalinho, os lençóis brancos marcados pelos quadris a subir e descer. Os gemidos e a respiração pesada. "Imagens, afastem-se!"

Enfiou a chave no carro.

As ruas tinham os carros espalhados como peças embaralhadas de dominó. Flávio Moretto se viu atraído pela via alternativa que conhecera ao dar uma carona, recentemente. Pensava em cruzar as ruas do bairro de Pinheiros para ganhar tempo. Em verdade, procurava a esquina onde deixara a garota.

Ali ficou, um pouco, até que a viu sair pela porta principal do prédio residencial. De longe, ela se parecia ainda mais com Juliana. Enfiada no índigo blue – calças tão justas que se podia reconhecer seu estado de espírito. E, sem dúvida, ele achou excelente.

Vinha em sua direção, quando resolveu sair do carro. Não imaginava que fosse reconhecê-lo, mas ela o viu, assim que bateu a porta do fusca.

— Você de novo por aqui! Parece que gostou do caminho — disse, sob a luz ofuscante do meio-dia.

— Estava por aí... Resolvi dar uma olhadinha... — um sorriso maroto brotou espontâneo, nada parecido com contração estomacal.

— Sei, uma olhadinha — ela retribuiu com uma piscadela.

Diante de um prédio residencial no bairro de Pinheiros, sob o calor de verão, Flávio se reencontrava numa cena esquecida no tempo. A cabeça zonza pela noite maldormida, atônito pela imagem de Juliana refletida naquele rosto iluminado à sua frente, ele deixa que as palavras fluam sem medi-las.

— Vamos dar uma volta? Gostaria de conhecê-la melhor!

Palavras de um estranho. Flávio Moretto se surpreendeu naquela atitude direta e incisiva. Se apanhou agindo como Biotônico, quando conheceram Amanda. Envolvido numa sensação de poder, se deixou ficar ali, escondido dentro de si, observando tudo como um espectador privilegiado. Pagando para ver no que aquilo iria dar.

— Tudo bem! — Ela respondeu sem hesitação. — Só tem uma coisa... nesse carro eu não saio.

— Que tem o carro? — Tocaio indagou decepcionado.

— Boa pergunta. É mesmo, que carro? — ela riu indicando o fusca azul combalido, mas firme e útil como os professores secundaristas.

— Está bem! Passo aqui em uma hora. Sei como resolver isso.

A garota o beijou no rosto antes que ele retomasse sua posição ao volante. Tocaio virou a chave e o motor explodiu pelo cano de descarga.

— Espero você naquela lanchonete! — ela apontou para o outro lado da rua.

Primeira marcha engatada e lá se foi o professor fazer as vontades de uma garota desconhecida. No sinal fechado, pensou naquele papel ridículo. Mas, afinal, não era ele, e sim um Flávio impetuoso e vencedor que existia e se manifestou depois da morte de Biotônico. Foi esse outro Flávio ousado que seguiu para a loja de carros usados que o irmão montara no bairro de Santa Cecília, na boca dos automóveis. Ali encontraria algo que servisse. "Fúlvio vai me ajudar."

Os irmãos se abraçaram, comovidos, anos de separação após uma fila de infortúnios, destilados num longo e efusivo reencontro. Fúlvio estava feliz, notou que Flávio mantinha a aparência indefesa de sempre, o olhar oblíquo, escondendo pensamentos inóspitos, o aspecto vago de quem está imaginando alguma história impossível. Mais alguém ali dentro queria se revelar.

— Você não mudou nada. Foi difícil encontrar seu endereço. Depois que enterramos nossa mãe...

— Sei! — Flávio tratou de interrompê-lo. Não havia tempo para reminiscências, alguém o esperava. — Preciso de um favor seu, Fúlvio! — continuou, segurando seus ombros, encarando o irmão diretamente nos olhos. — Preciso de uma de suas joias... Preciso de um carro!

Os olhos do comerciante brilharam.

— Está mesmo na hora de trocar esta carroça por um automóvel, Flávio! — afirmou ao examinar a lata azul.

— Que comprar nada! Quero emprestado. Quero que você me empreste um dos carros da loja. É só por algumas horas — disse com um olho no relógio e outro no sorriso desconfiado do irmão.

— Tá aprontando, hein? Quem diria, o professor dando aulas fora da escola...

— Vamos, Fúlvio! Não tenho muito tempo. Prometo devolver antes de acabar o expediente! — suplicava a esta altura.

— Eu tenho aqui um conversível! — apontou para um dos carros estacionados ao fundo do salão.

O vermelho polido reluziu na tarde ensolarada. Aquilo era mesmo ridículo, espalhafatoso, mas tinha um componente indecoroso e sensual. No volante daquele veículo sem teto, Flávio experimentava uma sensação de ousadia e exposição que jamais sentira antes.

— Só tem uma coisa! — de novo a frase fatídica, pensou ao ouvir. — Este cartaz de vende-se não pode sair daí! — enfatizou Fúlvio, fixando-o com mais fita crepe.

Flávio Moretto estava de volta ao caos urbano, exposto ao sol escaldante do início de tarde, exibindo no vidro lateral o cartaz que sugeria negócio com sua alma. Vende-se, tratar fone... O Diabo estava à solta naquele inferno engarrafado de Pinheiros. Comprava almas no atacado para revendê-las a varejo.

O flamante conversível vermelho estacionou em frente ao local do encontro, pontualmente às 13h. Em pé, ao lado do balcão da lanchonete apinhado de gente a devorar pedaços de pizza, mistos-quentes, esfihas e coxinhas de galinha, num banquete veloz e barato; a menina terminava seu refrigerante.

— Vende-se? Hummm... Vamos promover o produto esta tarde! — sugou ruidosamente o final do conteúdo da garrafa.

As curvas de sua silhueta chamaram mais a atenção de Tocaio do que propriamente o rosto de Juliana ou as intenções estampadas no cartaz pregado no carro. Não fosse pela coloração do cabelo, castanho-escuro, e seria ela sorrindo satisfeita com sua presença.

— Tem algum lugar em especial que você queira ir? — Tocaio perguntou sonhando com uma resposta objetiva. Obteve somente um balançar de ombros, o que deixava em aberto o rumo daquela tarde de céu azul e nuvens de algodão.

Sol, verão e curvas – praia. O bólido vermelho se dirigiu instintivamente para a rodovia dos Imigrantes. Rumo à Baixada Santista, túneis e viadutos presenciaram a euforia da garota, que teimava em ficar em pé, agarrada ao para-brisa, uivando e pedindo mais e mais velocidade ao motorista encantado pelos cabelos, jogados ao sabor do vento.

Como uma criança, ela acenava para os motoristas dos caminhões que eram ultrapassados avidamente.

Chegaram ao litoral, depois dos vários gritos que se perderam nos vales e abismos da Serra do Mar. A areia da praia acolheu os pés descalços em seu abraço macio e quente. Com a barra das calças arregaçadas até o joelho, caminharam pela orla deserta ao sul de Santos. Não era Peruíbe ou Praia Grande, mas uma pequena faixa a salvo da especulação imobiliária ou dos posseiros, um lugar tão improvável quanto aquele passeio de fim de tarde.

— Você escolheu um local e tanto para me trazer — ela se virou de repente para ele, encarando-o com precavida ousadia. — Parece que estamos sozinhos aqui!

— Me pareceu um bom lugar para conversarmos. Você tem medo de alguma coisa? — disse, medindo bem a reação dela.

— Não — ela continuou a encará-lo serena, segura. — E sobre o que você quer falar?

— Sei lá, sobre você, o que faz, de onde vem...

— Isso tá parecendo um interrogatório. Vai querer um relatório por escrito ou verbal mesmo? — ela replicou, furando as marolas espumantes com seus pés brancos.

— Desculpe, mas... — a garota se adiantou dois passos e o deixou para trás, mergulhado em dúvidas.

Foram dois pulinhos graciosos, em seguida começou a correr. Flávio ameaçou persegui-la, mas logo desistiu. A garota tomou a dianteira, mediu a distância que o separava daquela verdadeira pilha de energia juvenil.

Uma sombra de constrangimento desceu sobre seu rosto afilado. "E se ela for menor de idade? Só pode ser... E se nos pegam aqui, sozinhos?" – procurou alguém na praia deserta.

Depois de arrastar o passo mais uma dezena de metros, Tocaio enxerga as roupas jogadas na areia. Seu coração ficou descompassado ao perceber o corpo sinuoso surgir sob as ondas revoltas do mar. Ela caminhou em sua direção, pingando gotas brilhantes e salgadas. Tinha os pelos eriçados de frio, os seios intumescidos, quase a furar o sutiã menor do que os volumes que pretendia sustentar.

Tocaio relutou em continuar aquele exame, mas o sorriso aberto venceu qualquer resistência.

— A água está ótima, não vai entrar? — a água escorrendo nos braços e nas pernas.

— Não. Prefiro ficar olhando!

— Sei! — ela respondeu com um sorriso maroto.

Ficaram ali sentados na praia vazia, estendidos sob o sol que começava a cair atrás das nuvens cinzentas. Tocaio não ousava dizer palavra, tampouco tocá-la. Ao seu alcance, a garota exibia o dorso alvo sobre a areia branca. Secava as roupas ao sol com os olhos fixos naquele homem calado que a atacava com seu olhar devorador, para depois encolher-se na culpa de um criminoso arrependido.

— Vamos embora? — ela sacudiu a areia o quanto pôde. — Já está ficando tarde.

— É, tenho de devolver o carro antes que o expediente se encerre.

— Foi um passeio maravilhoso, obrigada!

"Que loucura", ele pensava vendo a garota desdobrar a barra das calças. "Juliana jamais agiria assim comigo, tão solta e alegre. Mas elas se parecem tanto! É o sol, só pode ser, muito sol na cabeça. Eu aqui, longe de casa, com essa garota, sei lá de onde vem, seu nome, idade. Duvido que tenha mais de 16 anos..."

— O que você está olhando? — ela o encarou desconfiada.

— Nada, só estava imaginando seu nome, sua idade.

— Dá tanta importância pra essas coisas... Não quero saber nada a seu respeito. Prefiro assim, se é que me entende.

— Não, não entendo. Que mal há em sabermos mais um do outro. Eu por exemplo, me chamo...

— Já disse que não quero saber! — ela o interrompe asperamente. — Se quiser, posso tomar um ônibus pra São Paulo e nossa aventura se encerra aqui mesmo. Melhor assim...

— Está bem, vamos embora. Você deve estar com fome, não?

— Muita! — disse com os lábios úmidos, sugerindo coisas que Flávio Moretto não ousaria mencionar.

— O que quer comer? — os olhos se fixaram no jeans marcado pela umidade da roupa de baixo.

— Conheço uma pastelaria na Vila Mariana que é ótima! Passamos lá antes de devolvermos o carro.

— Não, deixe que eu o devolvo sozinho. E, além do mais, cheiro de fritura não faz muito meu gênero. Você já experimentou comida japonesa?

— Uau! Nunca comi com os pauzinhos. Deve ser divertido, não?

— É mais saboroso do que divertido. Gosta de arroz e peixe cru? É a base desta culinária.

— Gosto de coisas cruas. Acho que vou provar sim.

Ela fixou o olhar diretamente nos olhos dele. Desta vez, se aproximou carinhosamente. Flávio Moretto hesitou, a princípio, mas logo decidiu colocar o braço sobre as costas dela, e assim percorreram o caminho de volta até chegarem ao tráfego intenso de São Paulo. Logo estariam no bairro da Liberdade à procura de um restaurante japonês.

— Mora sozinha? — ele fez nova tentativa, sem esperar êxito.

— Não.

— Com os pais, então.

— Não.

— Você não é muito de conversa mesmo.

— Não — tentou equilibrar o sushi entre os dois pauzinhos.

— Deve segurá-los assim, com o indicador aqui no meio, para abrir e fechar quando quiser — o dedo anular manipula o hashi. Tocaio segura sua mão delicadamente.

A garota gostou do seu toque, mas não deixou transparecer.

— Você está acostumado a frequentar lugares como este, não? — tentou disfarçar uma leve oscilação em seu íntimo, porém, o rubor das faces ficou evidente, com o saquê a se volatilizar em seu rosto.

— Venho algumas vezes, mas sempre sozinho. O sabor da culinária japonesa é ainda um tanto exótico para muitas pessoas. A maioria prefere as pizzarias.

— Confesso que eu também! — ela derrubou o sashimi na cumbuca cheia de shoyu, lambuzando a roupa.

— É uma questão de se acostumar, como tudo na vida. Com o tempo você não quer mais saber de outro tipo de comida — agora eram seus olhos que a fitavam intensamente.

— Vai ser difícil me acostumar com... isso — fez cara de nojo ao segurar um pedaço mole de atum entre os dedos.

— A gente se acostuma com qualquer coisa!

Tocaio pagou a conta e dirigiu o conversível vermelho rumo a Pinheiros. Se despediram com um rápido aceno, sem combinar outro encontro. Estava atordoado com aquilo tudo, mas no fundo tinha a sensação de que havia mais dele mesmo, ali, sentado ao volante. Ao vê-la entrar no prédio pensou nas coisas que poderiam ter feito naquela praia deserta e ficou feliz por tê-las evitado, embora controlando ímpetos de invadir aquele prédio, subir ao seu apartamento para lhe dizer que a queria, agora mesmo. Sentiu nas mãos o toque daquele corpo de leite e agradeceu por não ter feito nada.

Juliana jamais entenderia.

O honrado mestre de uma escola da capital, como queria o velho Firmino Moretto em seus devaneios de patriarca decadente, chega a casa depois de reaver o velho fusca azul. A mão toca levemente a campainha num ato reflexo. O estranho que tinha as chaves da porta e chegava protegido pela capa da noite, aquele que desejara tocar uma adolescente, sentaria à mesa do jantar, diria boa-noite para a esposa e veria o rosto da enteada à frente, novamente ao alcance de seus dedos.

Temia por sua integridade diante dela. Descobrira outro, convivendo hibernante no escuro de sua alma. Qual Flávio Moretto sentaria àquela mesa posta com tanto requinte? Quem assumiria o comando dos gestos medidos, seguraria com delicadeza os talheres polidos, dispostos em ordem de tamanho, ao lado da porcelana decorada? Quem falaria à Amanda sobre o dia passado sem novidades? Quem responderia pelos atos daquele ser dúbio e rastejante, que se espreitara fora de sua caverna recôndita?

Não saiu do quarto naquela noite. Adormeceu um sono inquieto até as três da madrugada, quando então resolveu se libertar dos lençóis alvos e dos braços de Amanda, que o sufocavam. Desceu as escadas, evitando sequer olhar para a porta do quarto de Juliana.

A sala estava mergulhada na penumbra. Vez por outra os clarões dos faróis dos carros a iluminavam. Sentou-se diante do aparelho de som e sintonizou a programação de uma estação de rádio.

A música penetrava seus ouvidos sem deixar qualquer vestígio. A cabeça, vazia e atordoada, deixava escapar todas as estrofes e frases melódicas. Torrentes de pensamentos fluíam, medidos pelos LEDs do aparelho, que insistiam em invadir a área vermelha do visor. Sinalizavam de forma hipnótica os limites de sua culpa, excitação e medo. Assim, conseguiu passar alguns momentos ausente de si, longe dos Flávios desconhecidos que se apresentaram, repentinamente, naquele dia passado ao sol.

— Você não desceu para jantar! — Amanda o encontra sorvendo uma dose de uísque. Na penumbra da varanda, apenas as luzes verdes e vermelhas do aparelho evidenciam algum movimento.

— Acordei há pouco e resolvi ficar aqui... — disse com o rosto escondido.

Um cigarro queimava no cinzeiro. Ele reagiu ao olhar surpreso de Amanda.

— Só estou olhando a fumaça, não comecei a fumar, fique tranquila. Ganhei estes cigarros numa promoção, na rua, e os guardei, sei lá pra quê!

— Quer conversar? — disse parada à porta, mantendo a distância como uma opção de fuga.

Não houve resposta. Tocaio continuou a observar os círculos de fumaça subirem em busca do escuro. Não foi necessário dizer mais nada para que Amanda voltasse ao quarto e ao sono. Afinal, conversas como aquelas poderiam mudar o rumo dos acontecimentos de uma forma surpreendente, ela o sabia muito bem.

Tocaio ficou ali, se equilibrando nos cubos de gelo. Lembrou as histórias contadas pelos aposentados, na Praça da Matriz em Miracema. Nelas, a maldade se resumia a inocentes atos de covardia, enfrentados por aqueles de bom coração e moral retilínea. Em Miracema, o mundo parecia compreensível. Ao final das histórias, as motivações seriam conhecidas e os personagens encontrariam seus destinos. Lá, a vida passava pelas páginas dos livros empoeirados e corroídos pelas traças, representando uma medida segura de tempo, uma certeza de que, depois dos capítulos, a tarde cairia mansa, aguardando as letras efe, i e eme serem lidas pela voz grave e profunda dos idosos. Então, o pipoqueiro Joel recolheria seus apetrechos e retiraria seu carrinho debaixo das primeiras estrelas no firmamento.

"A vida é aqui, nesta praça!"

Flávio Moretto ocupava a cabeça com filosofias de pipoqueiro. "Para Joel, a vida era as histórias" – resumiu ao morder as pedras de gelo soltas no copo vazio. Histórias não muito altruístas, ele acrescentaria, às vezes sem heroísmos, paixões arrebatadoras, ou gestos magnânimos. Somou, ainda, aquelas levadas por motivações menores, sentimentos descartáveis ou puro instinto animal, tal como o desejo pelo perigo.

Se a garota não se parecesse tanto com Juliana, aceitaria melhor aquilo tudo. Porém, aqueles olhos miúdos revelavam a mesma independência vital, a ousadia soberana de quem tem o mundo à frente, e urgência nas escolhas. Aquelas garotas, ao mesmo tempo desconhecidas e íntimas, amáveis e inacessíveis, proibidas e disponíveis, conviviam no mesmo espaço destinado aos Flávios interiores recém-descobertos. Eram como gatos dentro de um saco mal-amarrado.

Flávio Moretto, ou fosse quem fosse, amarrou tal saco como pôde e deixou que os arranhões cicatrizassem por si. Subiu para o quarto de hóspedes e se acomodou na cama de solteiro. Lá era seu lugar.

Onze

A manhã iluminou o quarto de hóspedes, ocupado pelo habitué de tantas noites insones. Flávio acordou com a algazarra das crianças que brincavam com a água das mangueiras dos vizinhos. Sábado, em São Paulo, é dia de lavar as calçadas. Logo, os automóveis receberiam suas faxinas semanais e o brilho de cera recuperaria, por mais sete dias, o valor de seus patrimônios.

Nos fins de semana, Miracema amanhecia em suas lembranças. Sem coragem para levantar, Flávio esperou, em vão, o chamado de dona Eudóxia para o café da manhã.

— Você não vai sair da cama? — Amanda falou suavemente pela porta entreaberta. — A mesa está posta, só falta você...

O sorriso largo se esboçou, mas logo sumiu, dando lugar a uma indignação por ser resolvida. Uma ponta de tristeza surgiu no seu olhar, antes de fechar a porta novamente. Flávio jogaria água fria no rosto antes de vestir a roupa e descer. No espelho veria alguém desconhecido, os olhos fundos, os sulcos entre as sobrancelhas, o rosto amanhecido como os pães guardados no saco de algodão que dona Eudóxia separava. “Darão um excelente pudim!”

O pudim em forma humana escorreu pela escada até seu lugar na mesa do café. Lá estavam as duas, olhando para ele como se fosse transparente. Sentia a leitura que faziam de suas entranhas – o conversível vermelho, a praia deserta, o corpo molhado da menina, vende-se, o rosto de Juliana... "Como podem ser tão parecidas?"

— Você não parece muito bem hoje, Flávio Moretto — Juliana destinou a primeira pedra de seu calvário.

— Recebemos um novo catálogo de compras ontem, querido. Não quer ver alguma coisa pra você? — Amanda tenta animá-lo com aquilo que a animaria em qualquer circunstância: produtos importados.

Flávio mergulha no negro do café, empoçado na xícara logo à sua frente. No rosto de Juliana um sorriso diabólico de quem espeta outra agulha no boneco de pano.

— Que maravilha, não? — Amanda continuou, excitada. — Marcas como Hermès, Tommy Hilfiger, Givenchy, Mont Blanc, Waterman, Montegrappa, Lexon, Adex... será o hit total! A glória! Não acham?

Tocaio tira o nariz para fora da xícara.

— Para quem viajou tanto para o exterior como você, isso não deveria ser tão importante.

— Você nunca entendeu as necessidades do meu trabalho. Não fossem aquelas viagens, o meu ateliê jamais chegaria aonde chegou. Se fiquei fora, estudando, isso é assunto que diz respeito a mim. Que você tenha escolhido mal a sua carreira, vá lá, mas pobreza não é vocação, nem sacerdócio e nem sina.

Juliana saboreava aquela conversa salgada com manteiga e queijo fresco.

— Não quis ofender. Só acho desperdício falarmos de coisas tão distantes do cotidiano das pessoas, do nosso cotidiano, pelo menos...

— Que seja, não vamos nós dois estragar a refeição.

Juliana sorriu por dentro, mas apareceu por fora. Isso irritou Amanda de vez.

— Pode estar, sim, distante de muitos, mas está e estará do nosso, e é bom que vá se acostumando. Muitos de nós não ousariam viver sem Versace, Jean-Paul Gualtier, Moschino ou Montana, seria um desperdício, um sacrilégio!

— Desculpe... — tentou uma trégua. — Não estou muito bem, acho que vou me recolher — Tocaio afasta a cadeira para se levantar.

Amanda segura sua mão. No olhar de culpa, um pedido para que termine a refeição.

— Por favor! — falou com a ternura adocicada pela torta de maçã. — As refeições são ocasiões onde as famílias mostram sua união. Quero que a nossa permaneça unida, sempre.

A outra mão segura a de Juliana, que se desvencilha rapidamente.

— Eu já terminei, mamãe! — disse contrariada, levando o guardanapo aos lábios.

Tocaio permaneceu com os olhos fundos no prato de frutas — natureza-morta. Amanda se serviu de mais leite quente.

— Não se preocupe, tudo vai ficar bem!

Flávio Moretto engoliu mais um pouco da poção amarga. Aquilo não faria bem ao seu frágil estômago e, como um suicida oriental, sorvia o café, esperando a morte dentro de algumas décadas.

— Tenho uma pilha de provas para corrigir. Acho que não vou poder acompanhá-la hoje.

Amanda, enfim, sorri.

— Não tem problema, querido! Trarei uma coisinha pra você, mesmo assim! — ela beija seu rosto, como fazia nos tempos em que dividiam segredos no campus da universidade.

— Não estou precisando de nada, Amanda. Guarde seu dinheiro para Juliana, por favor!

— Está bem... — disse sem lhe dar maior atenção. — Acho que vou almoçar por lá... Você vai ficar bem?

Flávio Moretto acenou afirmativamente, agradecendo aos deuses da impunidade por aquela oportunidade de ficar sozinho em casa. A pilha de imbecilidades, escritas pelos alunos, o maltrataria naquele sábado ensolarado. Ainda assim, era melhor alternativa do que ficar rodando por corredores de vitrines coloridas, acompanhando a inspeção semanal de Amanda pelas lojas de design e decoração. Estava cansado de tapetes, cortinas, móveis de formato e gosto duvidosos, além de toda aquela entediante romaria por lojas frequentadas por gente afetada.

Via poucos comprarem, aquilo tudo mais parecia um aborrecido jogo de cena. "Ricos não carregam carteiras de dinheiro, mas sempre perguntam o preço" – Amanda lhe dissera discretamente, ao ver uma dessas celebridades falando com a gerente de uma loja. "Compram pelo preço... O mais alto... Se é que você me entende."

Amanda era capaz de guardar centenas de nomes de artistas contemporâneos e repeti-los aos clientes que se enchiam de constrangimento por não saberem nem remotamente de quem se tratava. Assim, empurrava seus orçamentos às alturas. Encontrara seu público-alvo e o alvejava com maestria. Noivas herdeiras, madames entediadas, maridos redimidos, executivos descasados, estrangeiros saudosos de casa, todos ocupados em montar seus cenários suntuosos e impessoais, mas com muitas assinaturas famosas.

Com a pilha de provas pela metade e incólume, o professor resolveu fazer uma pausa antes de digeri-las até o final. Foi à cozinha se servir de água gelada quando ouviu alguém na sala.

— Costume de interiorano, deixar a porta aberta! — ouviu alguém dizer, uma voz alta.

Flávio engoliu o resto de água no copo. Engoliria muito mais em outras ocasiões, mas naquela não percebeu o tom jocoso de sempre. Por isso se espantou quando retornou à sala e viu aquele garoto alto e forte dizer:

— Sei como é, eu também sou...

— Do interior? — completou Flávio Moretto, desfazendo a expressão assustada do rapaz.

Eles sorriram e apertaram as mãos.

— Sou de Miracema, e você?

— Piracicaba, uai! — o garoto riu antes de sentar no impecável sofá da sala.

— Faz muito tempo que você não vai à sua cidade? — Tocaio mediu o rosto, queixo largo, testa reta e cabelos à escovinha, bem-aparados.

Os olhos do menino percorreram os canaviais, sentiu o cheiro cítrico das usinas de beneficiamento de laranja, o sol abrasante das tardes junto ao Rio Piracicaba.

— Faz sim, muito tempo.

— O tempo tem um ritmo diferente para os jovens.

— E o senhor? Está longe há muito tempo, também? — olhou-o com cumplicidade.

— Também... — Flávio Moretto se limitou a dizer.

Flávio Moretto se virou para a escrivaninha onde a pilha de papéis rabiscados em vermelho se equilibrava na mesa próxima ao cesto de lixo. Atração irresistível, as provas e o cesto de vime com sua boca aberta.

— O senhor está trabalhando? Não quero atrapalhar. Só estou esperando Juliana se trocar.

— Fique à vontade — disse como se fosse da casa.

— Barra ser professor hoje em dia, né? Sem ofender, mas... Ter de levar trabalho pra casa, preparar aulas, isso ocupa muito tempo, não acha?

— Se você quer saber, há coisas piores — Tocaio se voltou às redações rabiscadas em letra e linguagem irreconhecíveis.

Juliana desceu as escadas, com pressa. O rapaz se dirigiu ao homem empenhado em decifrar garranchos.

— Até, então, senhor... Miracema. Meu nome é... Flávio! — estendeu a mão larga para se despedir do garoto.

O outro estacionou o olhar naquela mão parada à sua frente.

— O nome dele também é Flávio! — Juliana mediu a reação ao dar mais uma estocada com a lâmina rancorosa herdada do pai.

— Vamos, já estamos atrasados — ela mantendo a fleuma diante do padrasto.

O jovem recolheu a mão. Juliana carregou a expressão indecisa do namorado porta afora.

— Que homem estranho... seu pai! — comentou, logo que ganharam a rua.

— Ele não é meu pai!

Doze

Biotônico tinha pensamentos macabros naquele trágico ano de 1985. Uma nuvem agourenta havia pairado na passagem de ano e naqueles primeiros dias de janeiro. Tentara não dar crédito aos maus presságios, afinal, apenas chovera no amanhecer do Ano Novo. Na certa, não seria um fenômeno meteorológico ocorrido em dado momento que selaria a sorte dos acontecimentos. Mas que a chuva do Réveillon desencadeou os acontecimentos daquele ano, Biotônico não teria, depois, a menor dúvida.

Um recado o esperava na portaria do hotel, em Araraquara. "Ligar para sua mãe", vinha escrito toscamente em papel barato. Sonolento, meio zonzo com a quantidade de quilômetros percorridos nas últimas horas, discou os números com a cabeça rodando.

Ao ouvi-la, tentou dominar o pânico. Brotou suor de suas mãos, as pernas quase cederam. Seu pai havia sofrido um ataque cardíaco naquela manhã, logo que chegou ao escritório. Há muito, Bento Fontoura não vinha se sentindo bem e, naquele dia, resolvera dispensar o motorista, dirigindo, ele próprio, seu carro.

Se alguma coisa aconteceu no trânsito, nada se soube. Mas, no escritório, ao sentar em sua cadeira de espaldar alto, salva do espólio amealhado no processo de falência, pediu um café bem forte à secretária, se recostando saborosamente.

Cansado e velho, Floriano Bento Fontoura, arquiteto de uma fortuna perdida, e agora no fim da vida devolvido ao nada como no começo, sentiu um sono irresistível. As pálpebras desceram pesadas, chegou a ouvir o tilintar das xícaras de café atrás da porta. O café que não sorveria. Respirou profundamente e não acordou mais.

Flávio Fontoura não chegou a preencher a ficha na recepção do hotel. Subiu a um dos quartos vagos, separou a última muda de roupa limpa e se sentou ao lado da mala aberta. Apagou a luz do abajur e chorou na escuridão. Por alguns minutos, uma torrente de sentimentos, misturados às lembranças de sua infância, revolucionaram suas lágrimas que jorraram livres e doloridas.

Tomou um banho, desceu as escadas e agradeceu pesarosamente a cortesia do gerente. Chegaria a São Paulo em algumas horas, caso parasse apenas para reabastecimento. Mais algumas horas de lágrimas.

O herdeiro dos Fontoura estava prostrado diante do grande ataúde onde seu pai havia sido depositado. A expressão lívida do cadáver fez reavivar ideias em sua cabeça. A responsabilidade que teria de assumir de ali em diante o atormentava. Sentia nos olhares dos presentes a expectativa que todos tinham naquele momento – que assumisse o comando dos negócios da família.

Mulher, filha e mãe choravam lágrimas para ele impossíveis de derramar. Paralisado pelo medo, via os poucos empregados em suas expressões arrasadas e órfãs. Homens e mulheres que preferiram ficar ao lado do velho Bento Fontoura em todas as horas difíceis, coisa que nem o filho fizera.

Biotônico tinha a sensação de que todos choravam a perda de uma garantia, e ele era o prêmio do seguro. Desviava o olhar curioso das pessoas enlutadas, a comprovarem a queda daquele baluarte de uma tradicional geração de grandes empreendedores. O outrora homem referencial do setor da construção civil estava ali, estirado na dureza da madeira, no restrito espaço acolchoado. "Para onde iremos", declarou consternado Eustáquio, contador e braço direito do velho, ao jovem arrimo.

O féretro percorreu as ruas do Centro, em direção ao cemitério da Consolação. No mausoléu dos Fontoura, construtores de prédios gigantescos, uma pequena capela mortuária, o último imóvel que ficara isento da sanha devoradora do Fisco, da Previdência Social e dos Sindicatos.

O ataúde de Floriano Bento Fontoura deitou sepultura precisamente às cinco horas de uma tarde quente e abafada.

— Precisamos falar! — Biotônico disse a Amanda assim que chegaram em casa.

— Não precisamos resolver nada, por enquanto...

Amanda tentava retardar ao máximo o confronto definitivo, mas o cerco se fechava a cada dia. Biotônico passava grande parte do tempo fora, viajando a trabalho, isso para evitar atritos. Esperava o pior para breve, principalmente depois da morte do velho Fontoura. O clima tenso crescia enquanto as noites insones eram combatidas com comprimidos para dormir. A ruptura estava em processo, eles sabiam, evitavam como podiam, até aquele momento. Com a morte do sogro, sua guarda baixou de vez.

— Você vai pedir o divórcio, não é?

Não tinha de começar aquela conversa, mas assim fez e não se arrependeu, como pôde constatar mais tarde.

O desamparo estava expresso no olhar de Amanda. Biotônico o vira estampado em todos os rostos naquela tarde macilenta e fúnebre. Nem mesmo quando a falência dos Fontoura se concretizara e todos ficaram sem seus empregos vira tal demonstração de desalento e prostração. Naquela ocasião, morrera a firma, mas ficara o dono, agora tudo estava perdido. O filho rebelde que jamais tomara conhecimento dos negócios da família teria agora nas mãos o destino daquilo que havia sobrado em pé.

— Sou um covarde! — ares de veredicto. — Um miserável e desprezível ser que se esconde atrás de feitos inúteis, como alcançar metas de venda, conquistar a amada de um interiorano estúpido ou negar o legado do pai. Que idiotice! Que desperdício!

Ele sentara no banco dos réus. De lá falou das motivações que o levaram a encarar tudo como numa competição, contou do prazer quase doentio em vencer e aí, então, sorver a inveja dos derrotados. Via, agora, quem era o verdadeiro derrotado.

— As lutas que valiam mesmo a pena eu não enfrentei — seguiu num tom de depoimento —; foi assim, quando papai insistiu para que assumisse seus negócios e quando percebi que nosso casamento não tinha como continuar.

Ele procurou alguma indulgência na expressão de Amanda. Dizer aquilo doía fundo, mas resolveu despejar tudo, antes que algum arranjo mambembe o fizesse desistir.

— Não me culpo por não ter a força que sempre esperaram de mim. Este Biotônico aqui enganou a todos, inclusive a ele mesmo.

Aquela maneira de ele se referir a si próprio, em terceira pessoa, o fazia suportar melhor a conversa. Amanda permanecia calada, esperando o algoz desferir o golpe final. Sem alternativas, resolveu continuar a ouvi-lo.

— Não entendo, tudo se complicou. Você era o troféu cobiçado com tanto ardor por Tocaio e eu o quis para mim só para ele não a ter. Venci uma competição absurda. O garoto esperto da cidade grande contra o menino introvertido e ingênuo do interior. Que jogo mais imbecil, não? Que prêmio, hein?

A disposição de Amanda se manteve firme, apesar de ter segurado com dificuldades as palavras de indignação.

— Sei que conquistei você — ele continuou — usando mais do que charme, mas não pensei que se casaria só com as coisas que eu e minha família oferecemos a você. Achei que me amaria mais do que a carreira, o status...

— Não é verdade! — ela não se conteve. — Nossa filha é prova disso!

— Ora, Juliana nasceu porque você queria dobrar o velho, subir na empresa puxada pela mão do avô embevecido com a neta. Não teve nada a ver com amor! Isso nunca houve... Amor.

Ele tentou engolir as palavras novamente, mas já era demasiado tarde. Dissera o que Amanda não queria ouvir. Uma vez afiada a navalha, seu corte é definitivo. Depois, ficam a dor, a cicatriz e a sensação de que, um dia, a carne fora inviolável — pragmatismo cirúrgico.

— Não posso culpá-la por isso, eu mesmo nunca amei você de verdade — ele continuou usando o fio afiado e cortando firme. — Eu a queria sim, porque via nos olhos dos outros a cobiça e a paixão que tinham de sufocar por minha causa. Isso para mim era o máximo, com o tempo, suficiente, mas agora... — sua expressão saíra da aura demente para uma profunda frustração. — Depois...

— Depois? Ausência, desrespeito, insensibilidade...

Os dois se calaram. As lágrimas foram inevitáveis. Um choro silencioso se apossou deles. Pelos cantos da casa, retrocederam suas lembranças. Não vislumbraram um só momento de harmonia, de paz ou ternura. Depois do casamento nunca mais o banco de trás do carro, os avanços incontroláveis de mãos por debaixo das roupas, as carícias ousadas em lugares públicos. Depois do casamento, veio a responsabilidade, o tédio e uma criança.

Biotônico se viu falando daquelas coisas pela primeira vez. Para ele, truculência e força resolviam quase tudo, acostumados a elas como a muleta para o manco. Por isso, foi com certa dificuldade que continuou a argumentar.

— É tarde para pedir desculpas. E nem sei se deveria, já que você jamais reclamou do meu jeito. Eu também esperava mais de alguém que dizia me amar.

— Mas eu amei você... Um dia... — Amanda desviou o olhar de Biotônico, que permaneceu incrédulo.

— Não sei se poderia dizer o mesmo, mas sei quem não hesitaria um segundo.

— Quem? — ela blefou sem ter nem um par de ases na mão.

— Tocaio é um cara excelente, você escolheu o Flávio errado!

Amanda percebeu logo onde aquela conversa chegaria. Embora a relação com o melhor amigo de ambos não tivesse sido mencionada até aquele momento, a intimidade que era servida a Tocaio seria, fatalmente, uma questão a ser levantada. Ela continuaria evitando, por interesse ou culpa, manteria o assunto de fora.

— Das escolhas que faço cuido eu! — respondeu categórica e ressentida.

Flávio Fontoura segurou, ao máximo, o pânico que se acumulara em seu interior. Queria se libertar dele e viver uma outra vida, começar novamente do início, apagar o passado.

— Acho que Flávio Fontoura deveria sumir — disse com os olhos vidrados no espelho sobre o balcão em estilo vitoriano.

Amanda contraiu o rosto num ar de espanto e medo. Aquele não era o mesmo Flávio falastrão, cheio de si a oferecer o dote milionário dos Fontoura. Aquele falava em desistir de tudo logo no primeiro percalço, fugir como um rato do navio a pique. Estranhou aquela declaração, mas não de todo, não no seu íntimo.

— Você não está pensando em...

— Me matar? Não, fique tranquila! — ele se manteve enigmático. — Quem some pode reaparecer em outro lugar, não?

— Agora você está me confundindo. Que história é essa de sumir? Você está propondo dar um tempo, vivermos separados? É isso?

— É! E não é! Quero que me escute com atenção: você, Juliana, mamãe e eu ficaremos ricos, mas separados... Pelo menos por um tempo.

Amanda se calou e seguiu as instruções. Biotônico podia ser meio maluco, mas era esperto e sempre conseguia aquilo que queria. Claro, Amanda perderia alguma coisa naquela proposta mirabolante. Ouviu tudo até o fim, esperando que suas ideias sobre modo de vida e relações afetivas permanecessem o mais intacta possível. A filha permaneceria com ela, estaria livre para tocar seus negócios e, sobretudo, ganharia muito dinheiro.

— É muito dinheiro mesmo? — ela não tinha certeza se aquilo era uma proposta de separação ou de um golpe nas seguradoras.

Era os dois.

— Um milhão e meio? E de dólares! — pronunciou o agá como vinha escrito entre os parênteses, ao lado dos números cheios de vírgulas e zeros, apontando-o no texto de letras miúdas no verso da apólice. — Conheço um cara em Governador Valadares, poderei falsificar documentos, sair do país...

— Você está maluco! E como seria sua morte? E depois, onde você se esconderia? — Amanda pôs em prática aquilo que, em sonho,

Biotônico havia concebido. Toda loucura, quando passa de um para outro estágio, observa um período de demência reprimida. Quando ela se libera, parece uma loucura, um desvario total. Mas a julgar pelos resultados obtidos na empreitada, a coisa realmente funcionava, provando que o mundo também é feito de uma massa etérea, insondável de loucura.

Durante o luto reservado ao velho patriarca, eles prepararam o passo seguinte.

Treze

Biotônico dirigia pela estrada, envolto em imagens catastróficas. Via-se explodindo atrás do caminhão-tanque a lhe dar passagem, baleado como refém, num assalto a banco, ou, ainda, estendido no asfalto de uma grande avenida movimentada de São Paulo. Em todas as situações, o milhão e meio de dólares seria pago, religiosamente.

Esse dinheiro sustentaria o alto padrão de vida dos Fontoura, terrivelmente abalado pelas penúrias provocadas pela honestidade de Bento Fontoura, que deu anéis, dedos, mãos e tudo o que restara do outrora vasto patrimônio. Amanda, enfim, teria sua empresa consolidada, Tocaio, seu sonho romântico realizado, e ele, uma vida inteiramente nova no exterior, sob outro nome e nacionalidade. Essa era a parte mais fácil do plano. Com dinheiro e conhecimento, fabricar novas identidades no Brasil é tão fácil quanto eliminá-las. Contudo, o sumiço de Flávio Fontoura era um arranjo complicado de tal maneira, que somente o acaso poderia compô-lo.

Viagens constantes deixam os motoristas desleixados, para Biotônico essa era uma verdade comprovada. O tambor, onde é armazenado o líquido de freio, acusava falta a cada quinhentos quilômetros. Flávio

Fontoura tinha uma lata cheia no porta-malas para repô-lo à medida que o pedal do meio descesse além da metade de seu curso. Nada de tão grave ou que impedisse a viagem de um corretor, apressado por chegar à sede da empresa, em São Paulo, e depositar seus pontos na tábua de vendas do departamento.

Se o acaso não explica tudo, talvez a premeditação possa completar as lacunas.

Ao acaso, pode ser imputado o fato de colocar em seu caminho, um homem desconhecido, atarantado por compromissos inadiáveis também em São Paulo, e que fora assaltado, há poucos minutos, enquanto trocava o pneu do carro. A premeditação explica o acidente que vitimou Biotônico, de ter perdido o controle do carro numa via marginal quase que em linha reta.

O fato é que Biotônico improvisou naquele momento, e as ideias foram se materializando numa precisão espantosa. Teve apenas o trabalho de deixar os acontecimentos tomarem seu curso. O resto veio a galope.

— Obrigado por parar, não sei se faria o mesmo — o estranho despejava as palavras umas sobre as outras.

— Deixe pra lá, amigo, o importante é que você está... vivo!

Flávio Fontoura não pôde evitar a pausa, foi ali que teve a primeira ideia.

— Pior é que tenho de chegar a São Paulo — disse o pobre desconhecido —, de qualquer jeito! Alguém me espera, entende?

— Entendo! — respondeu Biotônico em total solidariedade. — Olhe, estou cansado e com fome. Você está limpo. Sorte ainda ter a roupa do corpo. Que tal darmos uma paradinha num restaurante aqui em frente? Fazemos uma refeição decente. Fica por minha conta.

O homem olhou para Biotônico como se estivesse diante de um santo.

— Não sei como lhe agradecer.

— Ora, homem, essas coisas acontecem! A gente que vive em estrada tem que se ajudar.

E assim conquistou a confiança do inspetor Jurandir Passos, funcionário de uma rede de lojas de roupas femininas, masculinas, além de artigos para o lar.

O carro seguiu mais alguns quilômetros e entrou levantando poeira no estacionamento.

— Por favor, Jurandir, vá entrando no restaurante e escolha uma boa mesa pra nós. Vou verificar umas coisinhas aqui. É só um minuto e já vou lá!

Biotônico o deixou ir embora para abrir o capô do motor do carro.

Aos poucos, o desafortunado inspetor desanuviou do semblante o aspecto desamparado. Estava até feliz ao entrar no restaurante, satisfeito com a sorte. Arrumou uma mesa diante de outra com gente animada. Alguém estava fazendo aniversário. Quando Flávio Fontoura chegou, Jurandir cantava com o grupo um sonoro "Parabéns a você!".

— Que cheiro de gasolina. Tudo bem com o carro?

— Isso é que dá apertar a mão do frentista... Eu sou assim com todo mundo!

Flávio Fontoura tinha as mangas da camisa sujas de graxa. Percebeu que Jurandir o observava e ensaiou uma retirada de emergência.

— Vou lavar as mãos. Peça o que quiser ao garçom. Estou morrendo de fome!

Pediu cerveja para a mesa e se escondeu no banheiro pútrido do restaurante. Demorou mais, as manchas na camisa aumentavam a cada esfregada. Recompor o visual anterior já não seria mais possível.
— Ah, esses frentistas, acabam te sujando por nada! — ensaiou diante

do espelho trincado. Fechou a torneira, secou o rosto na parte da camisa que ainda estava limpa e enfrentou seu destino com esperanças renovadas. O garçom chegou logo, trazendo duas cervejas.

— Não bebo, senhor Fontoura — disse o inspetor, virando o copo com o bocal para baixo.

— Quem não bebe sou eu, sozinho! — Biotônico fez o copo voltar à posição inicial.

— Não seja ingrato —fuzilou-o com o olhar.

— Bem, só um golinho, se o senhor insiste...

E insistiu muito. O pobre Jurandir já estava alto quanto a comida foi servida. O grupo animado mantinha a sala sob constante balbúrdia. Foi quando Biotônico deu outro passo em seu improviso.

— Você está vendo aquela morena ali, no canto da mesa? — esticou o pescoço antes de empinar outro copo de cerveja.

— Ela está olhando pra cá! — Jurandir constatou animado.

— Pois é, e acho que é pra mim...

O inspetor encarou Biotônico com um ar obsceno.

— O que tem em mente, senhor Fontoura?

— Acho que posso confiar em você, não é? —cercou-o com sua conversa sinuosa.

— Depende, pra quê? — o atarracado inspetor sorriu de modo maroto.

— Alguém está lhe esperando na cidade, não é?

— Sim.

— Alguém está me esperando, ali! — Biotônico apontou para a morena que realmente era vistosa, simpática, com seu sorriso carregado de batom.

O inspetor viu o futuro promissor que ambos teriam, caso não tivesse sido assaltado e tivessem levado seu carro.

Biotônico jogou as chaves do carro no colo de Jurandir. Ele entendeu na hora a proposta de seu salvador. Mesmo assim, Biotônico resolveu ser ainda mais claro.

— Fique com as chaves, vá para seu encontro. Eu já me achei por aqui.

— E como faço pra devolver seu carro?

— Estacione na minha empresa e deixe a chave na guarita. Amanhã eu pego de volta. Passa ônibus direto, aqui.

Jurandir brindou à sorte e quase explodiu de tanta alegria ao pegar as chaves do carro. Nem quis comer nada. Voaria para sua amante e faria algo para recompensar o seu novo e generoso amigo.

Biotônico pagou a conta e arranjou um quarto naquela espelunca. Com sorte, o roteiro mental preparado para a sequência ideal dos acontecimentos levaria o inspetor desta para melhor. Com o dinheiro que tinha no bolso, iria para bem longe dali. Esperaria as coisas se acomodarem um pouco, depois partiria para um lugar qualquer, longe do Brasil e dos investigadores das seguradoras.

Somente a premeditação não explica tudo, mas indica que a mangueira de combustível havia sido furada, que o combustível vazado provocaria o incêndio e a falta de freios, o impacto contra a murada da ponte. Infelizmente, os inspetores correm riscos no exercício profissional. Riscos que nem mesmo os mais incautos acreditariam.

Sinistro, evento indesejável, resultado inesperado, seja qual for a definição escolhida, nunca deixa de ser um acontecimento trágico, mas pode ser bem lucrativo no caso de premeditação.

Quatorze

Dias após o acidente, Biotônico ligou. Escolhera uma hora em que não haveria ninguém em casa. Ao soar o terceiro sinal da secretária eletrônica, deixou sua mensagem de vida. Não se identificou, pois conhecia bem os procedimentos da seguradora antes do pagamento de prêmios vultosos como aquele. "Ontem sonhei com um pássaro. Ele era enorme, e estava na ponta do galho mais alto da árvore. Estou bem, espero ver você em breve", falara sobre o lenço desde um telefone público.

Foi o suficiente para que Amanda secasse as poucas lágrimas. O principal ainda estava por vir e seu espírito destemido sumia quando a cifra de um milhão e meio de dólares aparecia em sua mente, aquela quantidade de zeros... No dia e na hora marcados, compareceu à seguradora para dar quitação da gorda quantia. Estava nervosa diante do gerente, que aguardava sua assinatura no recibo. As paredes de alto pé-direito, decoradas em tons ocres, bustos de bronze e tapeçarias gigantescas; tudo a intimidava. Sentia-se como num tribunal, o juiz a aguardá-la para lhe imputar a pena máxima por estelionato e cumplicidade num assassinato premeditado, frio e hediondo.

Mas não foi uma punição o que ela recebeu naquele último ato burocrático, foi a liberdade. Pragmatismo financeiro.

Dias de tensão se somaram aos que vieram logo depois. Sem identidade, escondido num hotel de quinta categoria, numa cidade do interior de Minas Gerais, Flávio Fontoura, ou qualquer nome que lhe dessem dali por diante, esperava a confirmação da operação financeira que despejaria um milhão e meio de dólares na conta bancária de Amanda Machado Fontoura. A operação se completaria quando fosse feito o depósito subsequente. Um milhão de dólares creditados na conta de um senhor cujo nome Biotônico ainda não conhecia – seu próprio nome dali em diante –, por meio de um doleiro, numa agência bancária das Ilhas Cayman.

No quarto, o televisor preto e branco reproduz a imagem da entrevista coletiva da equipe econômica. O anúncio da redenção da economia brasileira apanha Flávio Fontoura de surpresa.

— Esse plano vai dar certo? — perguntou a repórter entre microfones e câmeras.

— Tem que dar certo! — respondeu um dos empolados e suarentos políticos atrás da bancada improvisada.

Decretaram o congelamento dos preços, anunciaram fatores de deflação, tablitas e regras de conversão da moeda, que agora passava a se chamar Cruzado. Uma verdadeira faxina.

— Será que isso vai dar certo? — Biotônico disse para si, certamente se referindo a outro plano.

Amanda servia um chá na cozinha para Flávio Moretto. A porcelana trepidava em suas mãos trêmulas. Pousou-as sobre a mesa, balbuciando seus planos imediatos.

— Vamos arrumar as malas ainda hoje, Tocaio! Vou levar Juliana para o Caribe. Nem que dure meses, vamos nos recuperar de tantas tristezas... E bem longe daqui! — o ar de desalento havia sido ensaiado com afinco. Ninguém deixaria de acreditar naqueles sentimentos, principalmente o apaixonado Flávio Moretto.

Só uma coisa não se encaixava naquela história de Caribe, férias e alguns meses fora. O professor ali era ele, mas eram os Fontoura que sempre reclamavam de falta de dinheiro. "De repente, férias no Caribe?", pensou ao engolir o chá de camomila.

Acabou por acalmar a curiosidade no vapor adocicado de sua xícara. O dinheiro não era dele, afinal, e sabia que Biotônico havia deixado seguro de vida.

— Vou sentir saudades! — Tocaio olhou para Amanda e a viu se esconder de algo.

Um mês se passara desde o enterro de Flávio Fontoura e sua presença ainda era sentida. Como uma entidade viva, presa ao infortúnio de uma separação repentina, vagava na mente do amigo, cheio de culpa por amar sua esposa, a ponto de desejá-la em pleno luto. Tocaio reteve seus impulsos e se retirou apressado, desejando a ela apenas uma boa viagem.

Amanda ficou três meses esperando que um certo senhor Frederico Sganzella, italiano de nascimento, naturalizado brasileiro, chegasse para então decidir sobre seu futuro. Evitava dizer para a filha que a qualquer momento seu pai surgiria das águas cristalinas do oceano atlântico, ou desceria do céu azul caribenho e as levaria para uma aventura mundo afora. Juliana pensaria que sua mãe enlouquecera, embora aquela vida principesca, hospedadas no maior hotel da ilha, parecesse já uma loucura.

Não questionou, embora tivesse curiosidade sobre o quanto custaria tudo aquilo, ou quando voltariam para casa – modesta, diante de tanta suntuosidade. Resolveu aproveitar o luxo, como sua mãe parecia fazer prazerosamente. Sentou-se nas poltronas à beira da piscina, tomou sucos exóticos e brincou com meninos de fala estranha, normalmente branquelas e manhosos demais.

— Estamos esperando alguém, mamãe? — perguntou sonhando com a resposta: "Sim, seu pai!".

— Acho que não mais, filha. Estamos aqui há dois meses, e, pelo visto, ficamos para trás.

A espera se encerrou algumas semanas depois e sem qualquer notícia de Biotônico. Combinaram o encontro no Caribe para depois verem o que fazer com todo aquele dinheiro. Para Amanda, parecia tudo decidido. Voltou para o Brasil e para junto de seus quinhentos mil dólares. Resolveu tocar a vida, providenciando uma velhice simples, mas digna para a sogra. Para Amanda, esse era um dos assuntos pendentes que gostaria de ver resolvido por Flávio Fontoura, ou Frederico Sganzella. O outro era Juliana. Amanda tinha dúvidas sobre a capacidade de o pai se afastar tão drasticamente da filha. Mas aqueles meses sob o sol tórrido trataram de responder suas questões, a menos que, um dia, ele entrasse em contato.

Flávio Fontoura, ou Frederico Sganzella, *post mortem*, tragava o grosso charuto cubano. Aprendera a saborear o gosto amadeirado do fumo com goles alternados de conhaque e café amargo. Requintes que adquirira tão velozmente quanto rodou pelas capitais latino-americanas naqueles meses. Fumar aqueles charutos era como pôr fogo numa nota de cem dólares.

— Um *trader* tem uma vida agitada, sabe! — se dirigiu à mulher solitária num pub de Montevidéu, Uruguai.

— No me importa qué haces, chico. Los hombres no valen nada! — disse a castelhana num ar fatal, ainda que pelo hálito da bebida.

— Estava só querendo iniciar um papo, desculpe!

— Desculpe... *No me vengas con disculpas... Los conozco muy bien. ¡Brasileños, sí! Los conozco muy bien hombres brasileños...*

A essa altura, Biotônico estava arrependido pela investida, mas se viu encurralado pela mulher que o encostara junto ao balcão do bar. Ela o pegou pela braguilha entreaberta das calças e disse em sua língua estranha e sensual:

— *Venga, hombre brasileño. ¡Venga a conocer una uruguaya guapa!*

Entraram num táxi, o carro saído dos anos 1950 circulou pelas ruas dos anos 1940. Foram em direção ao Gran Hotel no centro da cidade. O banco traseiro daquele carro presenciara cenas *calientes* e a tal *uruguaya guapa* deixou naquele estofamento sinais de sua desenvoltura. Biotônico temia a reação do motorista, tão idoso quanto o veículo que dirigia. O agora apavorado Frederico Sganzella procurou pela janela olhos indiscretos a vê-los naquele frenesi libidinoso, até que resolveu fechá-los e ouvir o som de saliva e de lábios em movimento constante.

Dali, seguiu para Buenos Aires, Santiago, Lima, numa dança castelhana a levá-lo num falso tango dramático. Via as mulheres dos lugares como potenciais conquistas para logo se aborrecer e partir. O fazer e o desfazer malas passou a ser sua especialidade. Pisava em lugares onde ninguém jamais o vira, fazia o que queria, sem qualquer restrição, financeira ou moral. Essa, por definição, não se enquadra na descrição de um homem morto, mas na de um homem renascido, numa sensação permanente de plena liberdade, amparada pela falsa identidade e pela disponibilidade de um milhão de dólares.

O grande pássaro pousado no galho mais alto da árvore.

Nesses primeiros meses, Flávio Fontoura não encontrou tempo ou motivação para ligar para Amanda. Frederico Sganzella não conhecia nenhuma Amanda Machado Fontoura, tampouco tinha uma filha chamada Juliana. Tentava se convencer disso, enquanto queimava outros cem dólares na forma de charuto cubano e convidava outra fêmea latina para sua cama.

— Esse sotaque de vocês... Esse castelhano! — disse antes de atirar longe o roupão.

— *Venga, mi cariño... ¡Corazón, vamos, quítame!*

Quinze

A dúvida é a pior das companhias e Amanda teve de viver com ela por muito tempo. Flávio Fontoura desaparecera, como havia dito que faria, mas dissera também que recomeçariam tudo, em algum lugar do planeta. Mencionara uma vida de viagens constantes, países exóticos, identidades desconhecidas. É bem verdade, ela não acreditou em nenhuma daquelas promessas, mas não esperava uma traição daquelas, nem que fosse renegar a própria filha.

De tudo restara a ausência, velha conhecida de anos vividos ao lado de Biotônico, que chegava sempre com hora marcada para partir. Amanda percebeu logo sua natureza fugidia, a se esconder da filha, dos pais, e dela própria.

A jovem esposa aprendeu a se servir da mesma reação de indiferença mantida pelos Fontoura. Concentrou esforços em seus interesses, adotando, de bom grado, o comportamento esperado por todos. Se guardou, aguardando um contato com o marido golpista que jamais se fez.

Depois de três anos, lamentava somente o milhão de dólares entregues de mão beijada. Na realidade, essa era a ausência mais sentida, porque Tocaio, como era de se esperar, ocupou os espaços reservados em pouco tempo.

Na sala de estar prateada pelo luar, bocas ávidas sorvem taças de Chianti. Longos silêncios entrecortados por olhares reveladores. O espaço se povoou de conversas espirais que levavam sempre ao mesmo ponto. Mãos se tocam com casualidade propositada, afogadas no ar rarefeito de ansiedade.

O vento, luxuriante, balançava languidamente as cortinas, revelando intenções, angústias, culpas e medos.

— Desculpe! Não acho que devamos...

Amanda se afasta em busca de uma razão qualquer para impedi-la de se jogar naqueles braços abertos. Ao caminhar pela sala, ela a encontra, emoldurada num porta-retratos sobre a estante. "Vamos deixar as coisas esfriarem" – ouvira de Biotônico, quando cruzaram os limites da sanidade e deram cabo aos últimos detalhes.

E se Frederico Sganzella aparecesse?

A dúvida é a pior das companhias.

A pele curtida de sol a fazia bela como uma tocha, prestes a queimar os móveis. Tocaio a observou fechar as janelas, cessando o esvoaçar displicente das cortinas. O ambiente voltou à calmaria.

— Você está ainda mais linda do que quando a conheci — ele serviu outra taça. — O amor faz bem às pessoas, não acha? — esperou que ela voltasse ao sofá e estendeu o vinho. — Você já viu a cara dos namorados? Até o mais feio dos casais se transforma. Vai ver é o brilho da paixão, as mãos unidas com firmeza, o abraço apertado, o beijo roubado. As pessoas que amam são bonitas por natureza! — Tocaio via-se como o mais belo dos homens.

— É dentro de quatro paredes que os casais se conhecem e não nas praças, onde todos os veem namorar e trocar juras eternas. Ninguém fica sabendo daquilo que acontece debaixo do mesmo teto.

— Você ficou amarga de repente... Sua dor ainda é tão grande assim?

Amanda não respondeu. Melhor seria preparar a resposta considerando uma série de fatores ignorados por Tocaio – uma equação levando em conta aquilo que imaginava conhecer de Biotônico e sua covardia, mais a frustração da carreira numa das maiores construtoras do país, a soberba dos Fontoura e sua honestidade imbecil. Muitas seriam as variáveis a serem computadas, e mesmo que pudesse relacioná-las numa tábua de logaritmos, medi-las em escala métrica ou distribuí-las em médias estatísticas, ao final, o resultado seria sempre tristeza e dor.

— Nada. Não sinto nada além de vazio, como uma sala de pé-direito enorme, despojada de tudo...

— Eu sei como é. Um lugar reservado que ninguém ocupa.

— Ah, Fláviooooo! Se você não estivesse comigo! — as palavras de Amanda continham já uma boa dose de desvirtuamento etílico, e Tocaio deu graças ao velho Moretto pelo nome de batismo.

— Não diga nada, eu estou aqui, com você! — ele a abraçou, delicadamente, aproveitou cada segundo.

Permaneceram calados até que a garrafa de Chianti se esvaziou. Pelas ripas das venezianas, os primeiros clarões do dia os encontraram adormecidos, deitados no sofá.

A manhã daquele sábado não teria qualquer diferença dos outros, não tivessem sido surpreendidos por Juliana, logo cedo.

— Mamãe! Pelo amor de Deus! — disse com escárnio.

Atônitos, eles procuraram ensaiar uma cena rotineira de dois amigos que beberam um pouco demais na noite anterior e, exaustos, adormeceram inocentemente no sofá da sala.

— O que tem seu amor por Deus, minha filha? — Flávio Moretto indagou com recomposta altivez.

— Não sou sua filha!

— Por favor, Juliana! Não comece outra vez... — Amanda a repreendeu.

— Não comece o quê? — indagou Tocaio.

— Nada, Flávio, nada! Nós já tivemos uma conversa séria, não é, Juliana? — o olhar de Amanda pareceu devastador.

A menina desativou o detonador da bomba de efeito moral, dando de ombros e se retirando rumo à cozinha.

— De qual conversa você estava falando, Amanda?

— Nada do seu interesse imediato, Flávioooo! Nada que suas letras vernáculas devam registrar. Agora vá lavar o rosto e trate de dar o fora, não piore as coisas — ela disse, recolhendo as taças do chão. — Conheço bem minha filha... Juliana tem de ser conquistada aos poucos — o rosto meio inchado da manhã realçava sua expressão marota. — Você não tem nada a perder ouvindo meus conselhos. Agora dê o fora, depois eu ligo pra você!

Ela selou a cumplicidade com um beijo. Retirou-se depois para a parte íntima da casa. Lá fora, o fusca azul recém-comprado numa loja de usados o esperava molhado de sereno. Aquelas seriam relações duradouras: o carro e Amanda, a Deusa do Fogo.

Dezesseis

As pessoas andavam inquietas naqueles dias de maio. O ano de 1992 se desenhava com promessas não cumpridas e mais surpresas desagradáveis. Não bastassem o confisco das contas bancárias, os preços fora de controle com os salários engessados pela desvalorização da moeda e pelo desemprego – um único ingrediente terminou por deixar a sopa intragável –, denúncias de corrupção no primeiro escalão do governo.

Num rompante moral, a população, que até então aceitava pagar pequenas propinas nos meandros dos últimos escalões da burocracia, se indignou ao tomar conhecimento pela imprensa dos esquemas de corrupção, sonegação de impostos e financiamentos de campanhas políticas.

Ministros, amigos, esposas e secretárias se locupletavam, acobertados pela capa de idoneidade do destemido presidente da República das Alagoas, que voou num caça da Força Aérea, passeou num submarino, pilotou possantes motocicletas contrabandeadas, além de derrapar com caminhões ao testar novos sistemas de freios, ou, ainda, demonstrou perícia com lanchas e motos aquáticas. Evidenciava-se nele a pressa em usufruir de todas as possibilidades de prazer que o cargo conferia.

Mas, depois de uma década de frustrações, havia inconformidade no seio da sociedade. A perspectiva de outra década de infortúnios ajudou sobremaneira a inflar os brios dos cidadãos – a de 1990 era a última antes do novo milênio.

Para Flávio Moretto, professor de segundo grau, versado em Letras, com tanta abnegação e responsabilidade, aquilo tudo parecia filme reprisado, daqueles em que até o último instante se acredita que o final será outro e, desolados, vemos os créditos finais antecederem as luzes da sala de projeção.

Ele detestava filmes reprisados.

Na sala dos professores, considerações candentes se misturavam aos rumores vindos dos corredores. Não eram corredores de nenhum palácio, mas se falava, abertamente, na derrubada do governo. Sentados em suas cadeiras bamboleantes, os professores trocavam as últimas notícias ouvidas no rádio do carro, lidas nas manchetes de jornais pendurados na banca da esquina ou vistas na televisão pela manhã.

A questão crucial no recinto efervescente, em que os mestres recarregavam suas baterias entre um período e outro, era se deveriam ou não acompanhar os alunos nas manifestações programadas para aquela tarde. Falavam de temores e conveniências como se delas dependesse o futuro da nação ou de seus empregos.

— E se houver choques com a polícia ou grupos rivais? — preveniu a professora de História, de certo ao relembrar os episódios sangrentos de sua velha cartilha.

— Agressão? Quem se importa com isso? — o jovem professor de matemática reagiu indignado. — Não existe maior agressão do que nossos salários!

Do fundo da sala, Reinaldo Marcondes Fialho, o diretor da escola, tentava jogar água no incêndio que ameaçava se alastrar.

— Olhem! Vocês não sabem nem contra o que irão protestar!

— Eu sei bem contra o que protestar, sim... — revidou o homem da física, especialista em campos de força e eletricidade. — Baixos salários, péssimas condições de trabalho, falta de investimento em educação...

— Plano de carreira, aposentadoria digna, assistência médica... — contribuiu, com veemência, Mariana Matos, a escultural professora de química.

— Merenda escolar de qualidade, material didático, biblioteca, treinamento! — completou a senhora Georgina, professora de ciências das turmas de primeiro grau.

— Está bem! — concedeu o diretor. — Eu sei que temos vários motivos para reclamar, mas daí a derrubar um governo eleito, vai uma distância. Não estamos lidando com uma ditadura inconstitucional e violenta. Estamos falando de...

— Um governo pego com a mão na botija, pilhado em corrupção, roubalheira e imoralidade — retorquiu Mariana Matos, cruzando as pernas sob uma providencial pilha de pastas. — Quer mais motivos para irmos todos à rua?

"Não", pensou o diretor, mas não disse. Num gesto teatral, assumiu uma expressão fatalista.

— Está bem... Desisto... Vocês estão mais inflamados que os alunos! Eu também estou indignado com tudo isso, mas prefiro confiar na pressão do congresso, nos ditames da justiça. Não acho que mais confusão vá ajudar... — fez uma pausa soturna. — Não irei com vocês, mas desejo a todos boa sorte!

Parecia o último adeus a soldados indefesos antes da partida rumo à linha de fogo. Alguns se sentiam assim realmente, embora a coragem e a eloquência tentassem demonstrar o contrário.

— Se vocês não querem se manifestar como professores — disse, finalmente, Flávio Moretto, remetido à época em que tais questões seriam consideradas irrelevantes —, que o façam como cidadãos!

A sua fala atraiu a atenção de todos na sala. Ele arrematou, taxativamente:

— Quem não vê razões para ir às ruas, que fique em casa!

Como professores, eles podiam temer e se sentir acuados. Já como cidadãos, em meio a outros cidadãos, ninguém sente medo de nada. Não temer é uma sensação nova para a maioria das pessoas. Uma força que as multidões imaginam ter. A borracha dos cassetetes, jatos d'agua e bombas de efeito moral costumam colocar à prova essa vaga sensação de poder.

— Temos que dar exemplo e não promover arruaças! — a professora de História podia mesmo prever o pior. — Quem garante que essas crianças incontroláveis irão protestar de modo pacífico e ordeiro? Não gostaria de tomar pancada e, ainda por cima, sem resolver nada. — pragmatismo de sobrevivência.

— Vocês sabem o que está sendo reivindicado nesta passeata? — Reinaldo retornou à carga. — A renúncia de um presidente eleito pelo mesmo povo que agora o quer fora do governo. Logo, outra passeata vai pedir seu retorno, e vocês estarão lá, gritando o refrão da moda, para que outro governante enfrente a mesma pressão, caso suas medidas desagradem a alguns, ou a muitos...

Os professores se mantiveram inconformados em suas cadeiras mal-ajambradas. Em boa hora, o sinal soou e então todos tiveram uma boa razão para abandonar a discussão. Eles saíram daquela sala abafada de medo para o frescor romântico dos jovens, que em debates acalorados atendiam aos arroubos de suas convicções tão prematuramente adquiridas. Alguns professores tentariam manter a revolução fora da sala de aula, no pátio ou escadarias do prédio centenário, outros a aproveitariam em seu ofício.

Equilibrado sobre o tablado oscilante, Flávio Moretto sentiu, pela primeira vez em anos de magistério, um grande alívio no estômago, pois acabara de ser convidado para se juntar aos alunos nas manifestações daquele dia.

Havia afeto e admiração nos olhos do professor, que pôde reviver os momentos que antecediam às grandes marchas contra a ditadura, duas ou três décadas atrás. Nas fisionomias juvenis, a mesma fleuma inquebrantável, a mesma indignação expressa nos refrães que não se desgastaram no tempo. Sobretudo, aquela era mais uma chance para repor as coisas nos devidos lugares. A chance de passar a limpo todas as injustiças, as privações e o desmanche da autoestima de um povo massacrado pelos aproveitadores, engalanados em seus ternos de mil e quinhentos dólares. Pragmatismo socialista.

Na lousa estava rabiscado em letras irregulares "O povo unido jamais será vencido".

— Podem contar comigo, mais ainda se colocarmos o unido entre vírgulas — riscou-as e acrescentou, retirando o apagador da caixa de giz. — Agora, vamos avançar no nosso conteúdo.

Surpreendentemente, todos se dirigiram às suas carteiras e, como uma tropa de soldados bem treinados, se puseram à disposição.

— Já que estamos todos excitados com os acontecimentos, gostaria de ler para vocês o trecho de um poema de alguém desconhecido. Quero ver se adivinham em que época estes versos foram escritos...

O professor abriu o livro de aspecto frágil, já amarelado em suas páginas, fixou os olhos nas estrofes simétricas no meio da página e limpou a garganta. Logo, se fez silêncio na sala, e o estômago do professor então pôde se deleitar com as palavras. Alívio de antiácido em água gelada.

Nós ficaremos, como os menestréis da rua,
Uns infames reais, mendigos por incúria,
Agoureiros da Treva, adivinhos da Lua,
Desferindo ao luar cantigas de penúria?

Nossa cantiga irá conduzir-nos à tua Maldição,
[ó Ronald...
E, mortos pela injúria,
Mortos, bem mortos, e, mudos a fronte nua,
Dormiremos ouvindo uma estranha lamúria?

Seja. Os grandes um dia hão de cair de bruços...
Hão de os grandes rolar dos palácios infectos!
E glória à fome dos vermes concupiscentes!

Embora, nós também, nós, num rouco soluço,
Corda a corda, o violão dos nervos inquietos
Partamos! inquietando as estrelas dormentes!

A eloquência de Tocaio inflamou de vez os ânimos da classe, que explodiu em euforia ao final da leitura. Incitados a inquietar as estrelas e a fazer rolar palácios infectos, como vermes concupiscentes, aqueles adolescentes manifestavam sua vontade em roer pela base o governo indigno.

Muitos gritaram palavras de ordem enquanto outros extravasaram seus hormônios juvenis num coro afinado — "Fora Collor!! Fora Collor!!" — assim mesmo, com dois eles e duas exclamações.

Foi com dificuldade que Flávio Moretto os fez voltar dos campos das grandes batalhas para a pequena luta cotidiana do saber. Mesmo assim, pela primeira vez em muito tempo, sentia alegria e satisfação com aquela algazarra toda.

— E então? Em que época isso foi escrito? — indagou ao apontar o livro, agora fechado sobre a mesa.

— Pela idade deste exemplar... antes de Cristo! No século passado! — havia resposta de todo tipo. Como há muito não sentia, Flávio observou deliciado a turma numa visão panorâmica.

Hoje, tinha toda a paciência do mundo.

— Raciocinem pelo conteúdo do poema e não pelo aspecto do livro — a acidez estomacal ameaçou voltar.

— Ora, professor — a voz veio do fundo da sala —, isso deve ter sido escrito semana passada, mendigos, palácios infectos, fome. Se mudar o nome desse tal Ronald para Collor...

— Como se isso fosse privilégio da nossa época! — contestou outro aluno, antes de ser estrepitosamente vaiado.

Temendo perder novamente a parca atenção dos alunos, o professor resolveu então o mistério.

— Este poema foi escrito entre 1866 e 1921, período em que viveu Emiliano Perneta, seu autor.

O nome original causou alvoroço na sala, mas logo atenuado, quando Flávio Moretto arrematou:

— Ele não era perneta, tampouco maneta... Ele escreveu dezenas de obras em poesia e prosa, além de peças teatrais inéditas até hoje. De um estilo vigoroso, intenso, Emiliano é um dos tantos escritores desconhecidos que povoam a literatura brasileira. Não que isso seja culpa de vocês, mas fico me perguntando: quanto tempo nossa cultura sobreviverá sem leitura? Talvez não estivéssemos na iminência de derrubar um governo, se antes pudéssemos escolher entre candidatos melhores, ou se o eleitorado tivesse melhor formação. Sem leitura não há pensamento, imaginação, criatividade. Sei que de nada adiantará, mas... — percebeu a turma na mais completa algazarra. — Quero as fichas de leitura sobre a mesa antes de saírem.

— Ô, professor, aquele livro que o senhor mandou ler era grosso assim — os dedos da mão indicaram uma enorme pilha de folhas. — Não deu tempo. Tanta coisa pra fazer, preparar... Sabe, a passeata!

Novamente, e em boa hora, tocou o sinal. Flávio Moretto esperou as poucas fichas aterrissarem em sua mesa. Logo a sala estaria vazia, tal como seu estômago.

Era meio-dia de um dia importante. O dia em que a sociedade levantaria a voz contra as mentiras de um governo de gente penteada a brilhantina e colarinho alvo, passageiro de limusines e comensal em restaurantes finíssimos. O dia em que os segmentos sociais, sobreviventes rotos ao achaque da inflação caótica, desfilariam suas flâmulas em frangalhos.

Flávio Moretto, sentado à mesa do bar Redondo, esperava a chegada da outra metade daquele dia inteiro. Escondido pelo tapume de lona, observava o movimento da avenida Ipiranga. Mais adiante, um quarteirão abaixo, crianças e jovens reuniam faixas e cartazes que seriam expostos, garbosamente, em meio à massa compacta de gente, no Vale do Anhangabaú, bem no Centro de São Paulo. De sua mesa, avistava uma das entradas do edifício Copan. Pensou no apartamento entregue às lembranças do ex-morador, agora ocupante eventual, dedicado às maneiras requintadas da casa na Granja Viana. Lembrou-se das moças de salto plataforma a oferecer-lhe as nuvens.

— Mas eu moro nas nuvens! — respondia polidamente, ao passar perto delas na Boca do Lixo.

Nas nuvens era como se sentia agora, ao ver a agitação se formando ainda tão longe do local da concentração. Um governo corrupto cairia nos próximos dias, isso era motivo mais do que suficiente para se alegrar. Enfim, após tantos anos de luta, os guerrilheiros desarmados poriam para correr os truculentos. Chegara o momento do ajuste de contas; era isso que o excitava enquanto o filé com fritas não chegava.

Dezessete

Num país em que o povo parece tomar o asfalto apenas para sambar, aquela era uma demonstração e tanto de amadurecimento cívico. A praça estava repleta de jovens animados com os rostos pintados de verde, amarelo e azul.

Para Flávio Moretto, manifestações como aquela não eram novidade, e ele não conseguiu evitar as comparações. De semelhante, percebeu a multidão adquirir uma feição única, brandindo sua vontade, experimentando a sensação do poder emanado de suas gargantas, o orgulho hasteado em suas bandeiras. Cada qual, artífice de uma vontade coletiva, capaz de alterar os rumos da História.

De diferente, a atitude da polícia. Guardas atentos organizavam o trânsito, outros montados a cavalo, se mantinham distantes dos grupos mais exaltados. Não havia gás lacrimogêneo, patas de cavalo, tiros e cassetetes distribuindo pancadas indiscriminadamente nas pessoas em marcha de encontro ou fugindo das armas em correria desabalada. Não mais as barricadas, garrafas de gasolina tampadas com trapos incendiados, bolas de gude sob as ferraduras dos cavalos e pedras arremessadas de longa distância.

O medo fora substituído por alegria, irreverência, música, e a repressão violenta, por produção de eventos, televisão e publicidade.

Vendo assim, de longe, aquilo mais parecia um grande baile de Carnaval do que uma manifestação de protesto. Até os comunistas estavam lá. Bandeiras de vários partidos tremulavam lado a lado como se estivessem numa partida decisiva da seleção brasileira de futebol.

A afluência se dividia em grupos de aposentados, profissionais liberais, funcionários dispensados de seus serviços e donas de casa reunidas em associações de bairro, indignadas pela carestia e pelo desemprego de seus maridos. Somados a eles, as massas de desempregados e estudantes.

De onde estava, Tocaio via o palanque do tamanho de uma caixa de fósforos. O Vale do Anhangabaú estava repleto, com seus habitantes circunstanciais.

Dispersas na multidão, as equipes com câmeras de TV serpenteavam por entre grupos que, ao avistá-las, aumentavam automaticamente sua ênfase e animação. Tocaio teve, então, a primeira queimação no seu maltratado estômago. Sem dar muita importância a isso, resolveu dedicar atenção ao palanque.

Tentava compreender o que aquele barbudo dizia ao microfone, quando, de relance, escondido por dezenas de pessoas, teve uma visão que jamais pensara em sua vida – adiante, cercado pelas pessoas inflamadas a gritar a plenos pulmões, estava ninguém mais nem menos do que... Biotônico... Ou alguém muito parecido. No instante seguinte, não estava mais lá, sumira num sopro de alucinação.

Tocaio encontrou apoio na mureta do jardim pisoteado. Na terra devastada, se esgueirou até alcançar a ladeira da Praça Ramos de Azevedo. As estátuas de bronze adquiriram movimento, compadecidas pelo sofrimento dele. Nas amuradas das escadarias fétidas, figuras contorcidas demonstravam solidariedade ao passante atormentado por dores profundas. Flávio tocou a mão de uma delas e percebeu a gélida textura da morte.

Mas a morte só tem caminho de ida. Dela, ninguém volta, ainda mais para derrubar um presidente, mesmo aquele. Flávio Moretto sentira aqueles olhos negros e vibrantes atravessarem sua alma. Se viu na contingência de elaborar explicações para muitas coisas, tais como sua presença na casa da Granja Viana, que não era sua, ou na cama, que tampouco também o era. O impulso por confirmar aquela aparição se transformou em instinto de sobrevivência e fugir foi sua decisão. Não teria coragem de encarar o amigo e, num sorriso amarelo, cumprimentá-lo dizendo: olha, como você tinha morrido, sua mulher e eu resolvemos...

Só encontrou refúgio nas escadarias do Theatro Municipal. Não havia programação na casa, mas em frente aos monumentais portões um palhaço se dobrava em dores lancinantes. Pelo menos era assim que se sentia, pressionando a barriga na altura do estômago. Com esforço, conseguiu se arrastar até uma farmácia na esquina e pediu um vidro de antiácido ao farmacêutico.

— O senhor está se sentindo bem? — perguntou o balconista de trás de suas lentes de aros finos.

— Se estivesse bem não viria aqui, não acha? — Tocaio respondeu com a secura de sua boca.

— Bem, há hospitais e postos de saúde para aqueles que estão realmente mal, o senhor deve saber...

— Deixe de papo furado e me traga o que pedi, por favor! — insistiu, mantendo a postura com esforço.

O balconista esticou o braço e pousou a salvação sobre o balcão.

— Quer que embrulhe?

Flávio Moretto respondeu com um safanão na embalagem. Abriu o lacre da tampa e bebeu vários goles do líquido viscoso. Com o gosto de menta na boca e a mão na carteira, se dirigiu aliviado ao caixa.

— Quanto custa?

Flávio Moretto respirou melhor. Sem ter de se curvar por causa das dores, pôde finalmente ganhar as ruas centrais num passo quase normal.

— Aqui não é bar de hipocondríaco! – gritou o balconista sob o olhar severo do gerente.

Flávio caminhou sem rumo, até se ver diante do velho e conhecido endereço, o edifício Copan. Devolver aquele apartamento ao seu proprietário seria a primeira providência de um inquilino em mudança para uma bela casa nos arredores da cidade. Porém, os parcos proventos de professor sustentaram com galhardia as despesas de aluguel e condomínio. Luxos oferecidos pelo conforto que Amanda e seu próspero negócio proporcionavam, mais o resgate das apólices de seguro de Biotônico.

Por isso, manter aquele apartamento foi uma decisão afortunada, embora implicando custos, mas também pelos momentos de paz e isolamento que foram se tornando mais frequentes e essenciais ao longo do tempo.

Assim, pôde o professor de português e literatura se dar à extravagância de gastar as horas de intervalo entre as aulas das turmas da manhã, tarde e noite cultivando suas raízes no espaço exíguo no alto do edifício sinuoso. Como um náufrago, se agarrava àquela lanterna nos dias de tempestade. Nos mares revoltos, era como uma tábua de salvação.

Ainda atordoado e com o abdome dolorido, ouviu do porteiro, que o reconheceu de pronto:

— Seu Flávio! Faz um tempão que não aparece!

Ao ver que não tinha outra saída, o cumprimentou, aguardando impaciente o elevador que o levaria ao refúgio.

— Boa-noite! Há muitas correspondências aí? — Tocaio apontou a pilha de envelopes sobre a escrivaninha.

— Pro senhor eu ponho debaixo da porta! O senhor é gente fina! Tá tudo lá, pode conferir.

— Obrigado! — disse sem encará-lo.

Ao se abrirem as portas metálicas do elevador, reviveu os anos de solteiro vividos no Centro da cidade. Com as chaves em punho, Flávio Moretto percorreu os últimos metros até seu mundo particular e recluso. Os envelopes estavam espalhados no chão, folhetos de viagem, propagandas e extratos de sua conta bancária davam noção do abandono daquele lugar. No pequeno espaço entregue ao pó, tudo estava como deixara. As prateleiras escorando os livros, a escrivaninha junto à janela, a cesta de lixo, com sua enorme boca a implorar utilidade. Na cozinha, a geladeira conjugada com fogão tinha a porta aberta. O pequeno armário aéreo ainda guardava alguns utensílios que, comparados àqueles usados em sua nova casa, não passavam de ferro velho.

De volta à sala, se jogou no sofá de dois lugares encostado à parede. Ali, fechou os olhos e reviveu as noites brilhantes da cidade, o cheiro de fumaça, o barulho constante do tráfego. Sentia falta de sua vida simples, dos devaneios interrompidos a toda hora por Amanda e Biotônico, sempre envolvidos em apuros triviais.

Os papéis de uma comédia jamais deveriam ser trocados. O bobo não tem como encarnar o guerreiro, assim como ao órfão – inseguro e desamparado – jamais será concedida a fleuma do amante – frio e ardiloso. Na vida, o roteiro não vem completo, há uma trama que cada um tem de escrever, um enredo com desfecho em aberto. Destinos, como novelos, se iniciam por uma ponta e se desenrolam até a outra ponta, o final.

Para as pessoas, identificar seu papel na história é o mais difícil, se de eterno coadjuvante ou protagonista em definitivo. Flávio Moretto se imaginava empunhando lanças, outras vezes remexendo caldeirões borbulhantes. Via-se como um mago a impor feitiços à amada insondável. Porém, magos não se apaixonam, e guerreiros amam a luta. Por isso, escrevinhava numa velha máquina, distraindo as horas enquanto aguardava o momento de voltar à sala de aula.

Flávio Moretto correu os dedos sob a escrivaninha e torceu a pequena chave do gaveteiro. No compartimento, encontrou as pilhas datilografadas de textos antigos, folhas amassadas, rabiscadas em vermelho sob frases incompletas, ideias abortadas, conclusões tão improváveis quanto definitivas. Seria dessa matéria que a literatura se alimenta?

Sobre as pilhas revoltas de papel, o lápis implacável, rubro de cólera, serviçal do apuro e da exigência do leitor visceral contra o escritor raso e superficial, convivendo na mesma persona literária, dispostos a lutar ferozmente, impávidos e irremovíveis cada qual na sua essência. Em comum, somente a discrição, o espírito recluso dos clandestinos. Naquela gaveta, protegida por uma pequena fechadura, tréguas impostas à base de riscos vermelhos e papéis amassados pareciam chegar ao fim. O escritor se sentia compelido a se sentar diante da máquina de escrever e apontar os dedos na direção das teclas indefesas. Na outra gaveta, pilhas de papel em branco esperavam o momento de serem maculadas.

As histórias eram o que mais o atraía, desde a Praça da Matriz de Miracema até o edifício Copan no Centro. Num ato mágico de autoilusionismo, a Miracema ocupava um canto da apertada sala de estar. Os velhos abriam seus compêndios e deitaram a falar sobre heróis, vilões, donzelas, princesas, reis e rainhas de antigos reinos medievais.

Até o cheiro da manteiga, exalado pela panela do pipoqueiro Joel, penetrava as narinas dilatadas do menino à espera de mais uma história.

Diante da máquina de escrever, à beira da janela emoldurada pelas aletas de Niemeyer, Tocaio percorria os caracteres, numa fluência somente encontrada ao declamar os versos para sua plateia desinteressada na escola.

Dezoito

A noite caiu célere sobre a cidade pontilhada de luzes. Passava das 22h quando Tocaio deteve os dedos sobre o teclado. Tinha de ir para casa, "antes que seu verdadeiro dono venha reivindicá-la". Tomou outro gole de remédio e correu até o carro estacionado junto ao colégio, a poucas quadras dali. Alguns alunos se retiravam do prédio centenário do Caetano de Campos rumo aos pontos de ônibus. O fusca azul o esperava silencioso na rua ao lado. Tocaio virou a chave no contato e logo se pôde ouvir o motor insalubre. Pelo cano de descarga, duas explosões inconvenientes foram expelidas.

Pela Consolação, depois Rebouças, até a rodovia Raposo Tavares, um Flávio buscava coragem para encarar o outro Flávio. Imaginava-o reintegrado às suas posses, com Juliana pendurada no pescoço e Amanda com o olhar piedoso dizendo: "Ele está de volta... Sinto muito...".

Assim mesmo, com muitas reticências, o máximo que conseguisse expressar aquela cena insólita. Poria as camisas bordadas com suas iniciais no lixo do banheiro e recolheria seus poucos pertences numa caixa de papelão qualquer. Diria que não tinha sido tão bom assim e com altivez estudada, deixaria aquela casa opressora para eles, que, afinal, se mereciam tanto.

Uma bela história para contar – a do homem que retorna da morte para ajudar a derrubar o presidente corrupto e reaver a família. "Da morte ninguém retorna", repetiu para si enquanto torcia o volante à direita, logo após a placa que indicava GRANJA VIANA.

Desta vez, estacionou mais longe de casa. Queria sondar o terreno antes de se entregar às feras. Pela janela, avistou mãe e filha hipnotizadas diante do televisor. Não havia mais ninguém na sala. Por um instante, a lembrança da menina cruzou sua mente: "Elas são tão parecidas. E se não fosse Biotônico na multidão? E se tudo não passasse de uma alucinação? Juliana no rosto da garota, Biotônico no corpo de alguém?".

Perguntas, quando começam, não terminam mais.

Tocaio encontrou as chaves num dos últimos bolsos disponíveis e entrou. Desta vez, não tocou antes a campainha.

— Você viu? Tinha mais de um milhão de pessoas no Anhangabaú, hoje! — Juliana está eufórica, diante das imagens na tela.

— Eu sei... Estive lá e vi... tudo... — na sua opinião, até vira mais do que devia.

— É claro que você não iria perder esta, não é? Estava com saudades dos cassetetes da polícia? — Amanda exala desapontamento com toda aquela situação. Ainda se podia encontrar quem estivesse a favor, ou pelo menos compadecida do presidente.

— Que nada, estava tudo muito organizado, arrumadinho. Muito diferente do nosso tempo.

— Seu tempo! Eu nunca participei de arruaça.

— Pô, mamãe! Precisamos fazer alguma coisa? Esse Fernandinho não pode roubar o povo e ficar impune.

— É? E qual desses políticos não rouba? Quanto você aposta que ele sai ileso disso tudo? Absolvido pela justiça até o seu último fio de cabelo engomado. Nunca vi um político se dar mal no Brasil. Certamente ele não será o primeiro.

— Pois desta vez não vai ser assim e pronto! — disse Juliana, convicta.

— É o que espero também — Tocaio prestou seu apoio, largando a pilha de livros e pastas sobre a mesa da sala. — Esse engomadinho não passa de um ladrão de galinhas com verniz de grande estadista. Não tem apoio político em nenhum partido. Será como a pata de um elefante amassando uma mosca.

— Pelo menos uma virtude esse presidente tem, conseguiu unir vocês!

Juliana não gostou muito daquela observação, mas não disse nada em contrário.

— Pra você ver... — Tocaio resumiu, observando-a resignada do outro lado do sofá. — O tempo mudou, até os comunistas estão podendo se manifestar livremente!

— Bem, vocês dois, os aliados do povo, me dão licença, vou para meu quarto. Tive um dia daqueles, hoje!

Amanda piscou o olho de um jeito maroto para Tocaio, que gelou ao se ver a sós com aquela que parecia ter jurado, no útero da mãe, pisoteá-lo até a morte. Pensava nas fantasias medievais que escrevia, quando Juliana se dirigiu a ele de uma forma até certo ponto amistosa, jamais vira isso antes.

— Tem comida no forno pra você. Mamãe pediu para lembrá-lo, caso queira...

— Obrigado, Juliana! Estou sem fome. Meu estômago me incomodou o dia inteiro. De qualquer forma... obrigado!

As imagens no televisor mostravam as manifestações em outras capitais do país. O exemplo de São Paulo, com praças repletas e discursos inflamados, se repetia em vários estados.

— Você acha que agora tem jeito? — Juliana indagou sem tirar os olhos da tela.

— Meu estômago ou essa movimentação toda?

— Os dois... — ela disse, num sorriso quase imperceptível.

— Acho que sim. O povo perdeu o medo e acredita que pode mudar as coisas. É um bom começo, você não acha?

— Acho, mas... Já houve outras manifestações parecidas antes e não se conseguiu nada. A professora da escola falou do movimento Diretas Já...

— Ela tem razão, foi uma grande frustração, ainda mais que o presidente eleito, mesmo que indiretamente, não chegou nem a assumir o cargo...

— Foi o vice quem assumiu, não é?

— É, o Sarney... Vai ver, o problema são os vices. Antes, com a renúncia do Jânio Quadros, o João Goulart também havia assumido, e acabou dando em golpe militar.

— Será que pode acontecer de novo?

— Um golpe, ou o vice assumir?

— Os dois... — agora com um sorriso mais identificável.

Uma vez professor, sempre em preleção.

— Está na constituição, no caso de impedimento do titular, assume o vice, que é o Itamar Franco. Quanto ao golpe, acho difícil, certamente ele terá o apoio dos partidos políticos, além disso, não tem um perfil que ameace militares ou conservadores. Afinal, ele é um conservador. Esse negócio no Brasil de vice assumir o poder é antigo, em 1891 foi o Floriano Peixoto, depois, em 1909, o Nilo Peçanha, em 1918, Delfim Moreira, em 1954, João Café Filho...

— Esse tema de assumir o cargo no lugar dos outros é bem do seu interesse — Juliana não perdeu a oportunidade de dar sua estocada.

Tocaio fingiu que não entendeu, porém, tal como a menina no berço, entendia tudo.

— É, isso não é nenhuma novidade. Como diz o ditado: rei morto, rei posto.

Aquilo não foi uma boa coisa a dizer. Tocaio lamentou não poder voltar a fita e eliminar aquelas palavras. Sentira tudo ruir depois de haverem progredido tanto naqueles primeiros momentos. O gênio instável de Biotônico era tão evidente em Juliana.

Ela prosseguiu num tom irônico que Tocaio percebia como perverso.

— Agora eu entendo melhor a torcida do vice pela derrubada do titular!

— Se você está se referindo a mim e sua mãe, saiba que jamais pensei que tudo fosse acontecer assim, dessa maneira.

— Sei como agem as pessoas do seu tipo, os vices.

— Pra você o Brasil não tem mesmo nenhuma chance. Pelo jeito, você conhece muitos tipos de pessoas...

— Não... Não muitos, só os parasitas.

Desse ponto em diante, a conversa só poderia piorar. Por isso, Flávio Moretto resolveu deixá-la com suas mágoas e desconfianças crônicas. De crônico bastavam suas dores estomacais. Recolheu seus objetos de trabalho e, num ar desalentado, subiu as escadas atrás de Amanda.

Deixá-los a sós poderia ter sido uma chance de eles se entenderem. Quase deu certo.

Ao entrar no quarto, Tocaio a encontrou vestindo o pijama de cetim que comprara numa de suas últimas rondas no comércio da cidade. Suas formas se realçaram na leveza do tecido.

— Vocês estão se entendendo, finalmente! —acolheu-o num abraço cálido.

Ele aproveitou cada segundo daquele contato.

— Não se anime tanto. Tive que bater em retirada agora mesmo...

— Ela estava tão amistosa, dócil! O que você fez?

Flávio Moretto sabia que, de alguma forma, ele seria o culpado.

— No início até que sim, como um veludo, para minha surpresa. Mas, logo em seguida...

— O que aconteceu?

— Nada demais... O de sempre! Ela me atacou.

— Bem, pelo menos tivemos um bom momento, hoje! Quem sabe... daqui pra frente...

— Daqui pra frente só tende a piorar! — disse antes de pegar seu pijama e entrar na suíte do casal.

— Como assim? — Amanda o acompanhou no banheiro para saber mais.

— Nada! — relutante. — Só estou um pouco desanimado, é isso!

— Fláviooo! — de novo o gritinho conhecido, mas agora o chamado poderia ser para outra pessoa.

— Você está escondendo alguma coisa — ela insistiu. — Quando esse olho para em lugar nenhum... Eu conheço você! Vamos diga logo o que aconteceu!

— É um absurdo! Você vai pensar que estou ficando louco, ou coisa parecida. Eu mesmo já não sei mais nada direito...

— Pode falar, eu não vou achar nada — ela o encorajou.

Tocaio se sentou na beirada da banheira enquanto a enchia de água quente.

— Imagine, por hipótese apenas, que...

— Que o quê, homem? Fale logo, estou ficando nervosa com tudo isso.

— Você se lembra do dia em que o Flávio morreu?

O semblante de Amanda se anuviou, enquanto o dele adquiriu uma luminosidade opaca pelo vapor que se desprendia da banheira.

— Claro! Como poderia esquecer?

— Você lembra, dele? Digo... como ele estava... Dava mesmo para reconhecê-lo? Estava tão queimado...

— Um carvão... — encarou Tocaio como se fosse a primeira vez que o via. — Não estou entendendo aonde você quer chegar. Fui eu quem o reconheceu, lembra?

— Eu sei... Claro... Eu disse que é absurdo. Não sei por que você insiste neste assunto.

— Eu não estou insistindo em nada. Você é que está com uma conversa de maluco que ninguém entende. Por acaso viu algum fantasma?

Nesse instante, a água alcançou o nível adequado na banheira. Tocaio encarou Amanda de forma inexpressiva e entrou na água.

— Vi! — disse submetendo o corpo aos ideais 37 graus Celsius de temperatura.

— Você está ficando doido, mesmo!

— É! Acho que sim. Por um momento, no meio daquela multidão, pensei tê-lo visto.

— E ele estava de cara pintada, de preto! Ora, Tocaio, faça o favor! — Amanda não conseguiu evitar e deu uma boa risada. — O Collor roubou os mortos também?

— Não sei. — contrafeito. — Já disse que não sei mais nada...

— Tá bem, com maluco a gente tem de tratar assim, sem pressão, sem dar muita explicação. Fique aí dentro e relaxe. Espero você bem vivinha na cama, está bem?

Sorrindo, Amanda beijou a testa de Flávio eme, de mergulhado, em água morna. Antes de sair para o quarto, porém, ela viu os traços de preocupação em seu próprio rosto. Não sabia se Tocaio havia visto Biotônico ou... Frederico Sganzella. "Ele pode ter voltado."

Amanda afundou suas culpas no colchão macio. Depois de tanto tempo, não esperava mais ouvir falar da morte de Biotônico. Sentia calafrios ao pensar na hipótese de sua volta, o milhão de dólares depositados na conta de Frederico Sganzella a deixava furiosa consigo mesma. "E se ele estivesse trazendo sua parte para recompor a bolada?" Entre os lençóis, se deixou levar por lembranças amargas. Os meses de espera pelo contato que nunca se deu, o retorno ao país com apenas a terça parte do dinheiro e assumindo os compromissos da família, o desperdício de tempo e dinheiro sob o sol do Caribe, os sobressaltos a cada chamada telefônica – havia esquecido tudo quando se abrira à possibilidade de recompor sua vida ao lado de Tocaio. Com o tempo, a chance de reviver aqueles momentos de angústia foi diminuindo até não mais perturbá-la. Cumprira com sobras sua parte no plano, o que a fez se sentir no direito de tomar as próprias decisões. Ciente de que afetaria seu destino de forma definitiva, aceitou o abraço terno de Tocaio como um prêmio que ambos mereciam.

Agora, ele podia estar de volta. Biotônico ou Frederico, ela não permitiria que ninguém interferisse em sua vida, como acontecera quando Juliana nasceu e a construtora faliu. "Não agora", disse resoluta para si mesma, enquanto aguardava Tocaio na cama.

Desta vez seria diferente.

— Você ainda está acordada? — disse baixinho, tentando não desfazer seu estado gelatinoso, após o banho quente e relaxante.

— Mesmo que ele tenha voltado do mundo dos mortos, eu jamais te trocaria — Amanda o acolheu em seus braços, disfarçando o que realmente sabia sobre tudo aquilo.

Ele aproveitou cada segundo, e ninguém o recriminaria por isso.

— Eu te amo! — ela disse ao enlaçá-lo com suas pernas esguias, pondo em contato quase a totalidade de seu corpo junto ao dele.

— Eu sempre te amei... — Tocaio a beija, ardoroso.

Dali por diante, o quarto adquiriu formas particulares, desenhadas à medida que mãos e bocas ávidas percorriam espaços exclusivos. Amanda cavalgou vigorosamente pelos seus domínios como que assegurando intimamente suas opções. Tocaio se entregou àqueles arroubos convicto de que as explicações, se um dia fossem necessárias, não seriam só dele.

Não se amaram simplesmente, foi um estágio acima, selando uma união, fosse qual fosse o fantasma que viesse assombrá-los.

Dezenove

Hotel Príncipe, Centro de São Paulo. O senhor de estatura avantajada, ombros largos, desceu do táxi e segurou a pequena mala com a mão direita. Com a esquerda, segurou uma nota de um dólar. O carregador se mostrou solícito ao perceber que ela poderia ser sua em poucos instantes. Delicadamente, se apossou da mala como se ali houvesse a coisa mais rara e valiosa do mundo – fazia por merecer a recompensa com sorrisos e gestos amáveis até o balcão da recepção.

O gerente, um homem grisalho e desperto a pouco pela sineta do balcão, se colocou a postos, ao ver aquela figura impressionante no lobby do hotel. Estendeu a ficha de cadastro e observou com atenção seu preenchimento. Viu ele escrever no espaço para o nome do hóspede, Frederico Sganzella, depois, a procedência – Paraguai – e naturalidade – italiano. No espaço reservado ao destino, a caneta estacionou indecisa.

Os dois se olharam, o gerente sorriu mais constrangido do que cortês.

— Não precisa preencher tudo. O que está aí já é o suficiente!

— *Grazzie, signore!*

O carregador apanhou as chaves sobre o balcão e se dirigiu ao elevador. Foi seguido pelo distinto visitante até o quarto. Ar condicionado, televisor, rádio, tudo que ligava e desligava foi testado e aprovado. Ele já merecia o dobro daquela nota de dólar.

Mostrou o banheiro. Ao se retirar, desejou uma boa estada, prontificando-se a servi-lo no que fosse preciso. Uma ladainha que não terminava mais. "Eu não devia ter mostrado a nota de dólar."

Frederico agradeceu e fechou a porta.

Em termos de conforto e suntuosidade, aquele quarto nem chegava aos pés dos que conhecera nos últimos tempos, mas tinha uma cama macia, lençóis e toalhas limpas – o suficiente para acomodá-lo por alguns dias. Imaginava não ter de ficar muito tempo, embora sua missão fosse um tanto delicada.

No televisor, o telejornal da madrugada falava de grandes concentrações pelo país afora, investigações parlamentares, indignação popular e sede por justiça. Talvez aquela não fosse a melhor ocasião para um retorno. Contudo, pretendia fazer uma rápida aparição e logo sumir, definitivamente.

Fantasmas não costumam ficar para o jantar. Tirou o fone do gancho e chamou a copa.

— *Per favore, signorina, una cosa para mangiare*... Sim, comida!

O solícito carregador trouxe sanduíches e refrigerante. Depois de outra nota de dólar, a entidade concreta comeu o sólido lanche, como qualquer mortal, e ficou satisfeito. Com o televisor ligado, entre gols e depoimentos de motoristas e secretárias, dormiu o sono dos anjos.

O dia amanheceu com o barulho do tráfego e a luz do sol entre as cortinas. Frederico abriu os olhos com dificuldade. No televisor ainda ligado as imagens repetidas na noite anterior mostravam um motorista num terno escuro e mal cortado, dizendo que havia levado ou trazido cheques de fantasmas para serem depositados em contas de outros fantasmas.

— Pelo visto, não sou o único! — disse antes de pular da cama e enfiar o corpo debaixo do chuveiro.

Vestiu um de seus melhores ternos, comprados nas lojas circunspectas de Montevidéu, Buenos Aires e Assunción do Paraguai. Algumas gotas de perfume e estava pronto para o café da manhã. Pediu os jornais, como se tornara hábito nos últimos tempos, se serviu de uma fatia de mamão, um gole de café e dedicou sua atenção aos anúncios classificados. Os apartamentos para alugar estavam pela hora da morte, mas pouco se importou com os preços. Queria um dos grandes, num dos melhores bairros da cidade.

Desenhou círculos sobre os anúncios que melhor lhe convinham, assinou a despesa e partiu.

Depois de sete anos, algumas coisas haviam mudado em São Paulo. Havia mais gente, carros e prédios – como se ainda houvesse espaço para tantos. Havia mais pressa, barulho e poluição – como se isso fosse possível. Mas a essência da cidade se mantinha no aspecto invariavelmente fechado dos rostos, nos calçadões, a mistura de traços orientais, africanos, brasileiros mestiços de indígenas, caboclos e europeus, num mosaico multirracial.

Frederico Sganzella seguiu a pé para o bairro de Higienópolis. Na folha de jornal, arrancada do caderno de classificados, vários círculos contornavam os quadradinhos da seção. Logo absorveu a linguagem abreviada dos textos e deu maior atenção aos apartamentos com "três dorm, suit, amp sl e vr".

Algumas horas de frustradas tentativas se passaram, até que um apartamento lhe chamou a atenção. Ficava na cobertura de um edifício sóbrio de doze andares. A vista era magnífica, além disso, o imóvel necessitava de poucos reparos para receber um morador ilustre.

Na imobiliária, o gerente parecia ansioso por fechar negócio. Ao que parecia, o mercado andava restritivo, e desovar aquele elefante branco parecia importante para o aparvalhado funcionário.

— Temos certeza de que o senhor vai adorar a vizinhança. Tem correios, supermercados e hospitais próximos, o senhor não vai se arrepender da escolha.

Frederico se manteve impassível. Conhecia aquela conversa dos tempos em que os Fontoura diversificaram os negócios após a falência. Porém, deixou a chama do interesse acesa, aceitando com entusiasmo comedido os argumentos do vendedor.

— O senhor acha que poderá se mudar em breve?

Ele arrastou um italiano fajuto. Soou mais ou menos assim:

— Nao sei. Primero quero la opiniao de un especialista, una arquiteta. La mobíglia de mia famiglia es diferente, nao sei se o apartamento serve, ou se os móveis servem no apartamento, capice?

— Não tem problema, senhor. Podemos deixar as chaves na portaria por uns dias e o senhor poderá fazer as medições que achar melhor. Tenho certeza de que vai acabar ficando com o imóvel. Além do mais, é uma pechincha! — disse, tentando conquistar certa cumplicidade, e uma gorjeta em moeda estrangeira. — O senhor não vai encontrar nada melhor!

Vinte

A turma estava alvoroçada naquela manhã. Os acontecimentos do dia anterior eram suficientes para manter os assuntos aquecidos no frio da estação. Muitos contavam os feridos imaginários de uma luta memorável, outros declaravam suas paixões patrióticas, diante do inimigo acuado pela vergonha. Voltaram todos vitoriosos do campo de luta, ostentando as marcas das escaramuças, tinta grudada no cabelo.

Pragmatismo patriótico.

Flávio Moretto não tinha nenhuma marca para mostrar, a não ser alguns lanhos mais antigos nas costas.

— Hoje, vamos falar de poder. O poder da palavra — anunciou num ar de suspense. — Ontem, estive no Vale do Anhangabaú, a exemplo de muitos de vocês... E, como tantos, me emocionei diante daquela demonstração de força. Sim, força... — fez uma pausa dramática, capturando a atenção de parte da assistência. — A força da palavra — seguiu dizendo —, era a palavra que representava as intenções de todos nós. É por essa razão que alguns se dedicam a estudá-la, a manuseá-la e expressá-la. É por isso que vocês estão aqui, para entendê-la e usá-la como a única forma de poder digno do ser humano, pois qualquer outro instrumento de persuasão, como as armas, a violência, é indigno de seres de alma, dotados de razão e sensibilidade. Quanto menor o domínio da palavra, maior a brutalidade. A palavra é o que diferencia a civilidade da selvageria. Com ela construímos o mundo, sem ela o destruímos.

Alguns alunos dedicaram atenção ao professor até a palavra razão de seu discurso, outros se ligaram às armas – enfim, um assunto interessante –, uma parte, na verdade poucos, começaram a construir um mundo. A estes, os professores destinam sua litania diária, feito beatas assoladas por infortúnios. Nestes iluminados, cuja mensagem produz uma centelha, a chama se manterá perene. Essa é a prova de resistência de um professor, dar a todos sabendo que só alguns receberão.

— Cada palavra contém um universo em si — Flávio Moretto retomou assim que ouviu o burburinho recomeçar —, um universo de significados. Alguém poderia explicar por que chamamos nosso planeta de... Terra?

Os construtores de mundos se manifestaram primeiro, aos poucos, os demais também dedicaram algum interesse à discussão.

— Talvez porque seja feito de terra!

— Mas na maior parte do planeta tem água, assim devia se chamar Água...

— Ou Pedra, já que existem rochas e montanhas...

Flávio Moretto evitou que o parco interesse se dispersasse com infindáveis alternativas, indo direto ao ponto.

— O fato é que o planeta poderia ser chamado de qualquer coisa, água, pedra, mas o chamam de Terra. Essa é a força da palavra. Por uma convenção, um acordo entre as pessoas, isso ficou assim determinado e ninguém contesta. Pode até ser uma arbitrariedade, não há nada na palavra terra que indique o planeta em que vivemos, assim como casa, definindo o lugar onde moramos, e assim por diante. A palavra é o elo entre a realidade e a compreensão, o objeto e nossa memória. Assim, podemos entender o que nos dizem, porque a cada uma das palavras corresponde um significado.

Alguns alunos o olharam com desconfiança, outros se apressaram em fazer anotações, mas a grande maioria se manteve alheia a toda aquela conversa fiada, para eles aborrecida e óbvia demais. Afinal, pau é pau, pedra é pedra, e será assim por muito tempo. Pragmatismo natural.

— Uma única palavra pode ser abrigo de várias ideias. Pequenas variações de contexto podem mudar inteiramente sua força expressiva e de argumentação. A palavra pode construir verdades ou mentiras, entendê-la e usá-la representa o poder que nos ilumina na luta contra a ignorância.

A atenção aumentou de maneira casual à medida que o assunto desceu ao universo mais imediato dos alunos.

A garota do poema de Cruz e Souza levantou a mão bem à frente.

— É quando a gente mesmo não entende o que quer dizer?

— Exato, você capturou a mensagem.

Flávio seguiu, lançando sua semeadura quotidiana, regando com informação aqueles campos virgens e rudes.

— Peguem uma preposição qualquer... por exemplo, com... Se dissermos, estou com ele, esse *com* quer dizer junto, unido a ele. Mas se dissermos lutei com ele, significa antagonismo, contra ele. Se ainda disser: Ele os trata com carinho. O *com* vira o modo como o sujeito trata alguém.

A partir dali, Flávio Moretto propôs um jogo aos alunos. Depois de listarem as preposições, atribuíram pontos aos primeiros que elaborassem um exemplo para cada tipo de emprego para as palavras. A algazarra, enfim, teve um sentido mais útil, e os que se juntaram à brincadeira acabaram por esquecer a sirene que dava por encerrado o período.

Pela primeira vez em muito tempo, foi o professor quem abandonou primeiro a sala de aula enquanto os alunos se engalfinhavam por uma chance de mostrar que sobre tanto podia indicar posição superior como o assunto de uma conversa.

Flávio Moretto ganhou o corredor saboreando a vitória sobre os bárbaros que habitavam aqueles meninos. Os mosaicos, gastos de tantos que passaram por aqueles corredores, eram testemunha do empenho daqueles esquecidos profissionais; solapados em sua dignidade a cada contracheque recebido, e que teimavam em esfregar as solas furadas de seus sapatos naqueles ladrilhos rotos e encardidos.

A sensação de superioridade aumentou quando reconheceu alguém recostado no fusca azul. Sobre as curvas do para-lama, e nesse caso, literalmente, *sobre* – em posição superior – estavam as formas da garota. A cada passo que dava em sua direção mais se definiam os traços de Juliana a sorrir para ele. "Não pode ser." Ela jamais lhe sorriria, muito menos o esperaria à porta do trabalho.

— Como você me achou?

— Seu carro!

— Que carro?

Eles riram. Flávio enfiou a chave na porta do lado do carona, ela entrou e abriu a outra. A saia curta pôs à mostra um par de coxas que fez Flávio considerar propostas até então impensáveis.

— Você tem um tempo livre? — ela perguntou de maneira que parecia despretensiosa.

— Talvez... O que tem em mente, mocinha?

— Nada, só conversar...

— Sobre? — Flávio se apanhou pensando, dando outra conotação para aquela palavra.

— Ah, sei lá, coisas... Você tem um lugar onde a gente possa ficar... sozinhos?

No peito de Flávio ele ouviu um retumbar repentino. Aquilo estava se encaminhando para um desfecho inusitado, temia estar fantasiando. Palavras e seus contextos, lembrou do que acabara de dizer na sala de aula.

— Bem. Tenho um apartamento aqui perto, no edifício Copan. Não está lá muito limpo, mas é salubre.

— Vamos, então! Prefiro mesmo andar a pé do que nesse seu carro...

Vinte e um

Os dias claros do inverno paulistano escondiam os efeitos da inversão térmica. O sol caía sob uma bruma acinzentada, de onde evolavam massas de fuligem e fumaça, dividindo a grande bola incandescente em duas partes, uma alaranjada e vibrante sobre a outra opaca e escurecida pela poluição.

Amanda se deixou ficar na amurada do terraço com Higienópolis aos seus pés. Os doze andares que a separavam do solo faziam-na flutuar numa sensação de paz. Seu rosto alaranjado refletia menos o sol sujo do que o fogo sempre aceso de seus cabelos. Ela se olhou no reflexo das vidraças e encontrou uma mulher ainda atraente. Lamentou a ausência de Flávio Moretto naquele amplo espaço vazio. Deixaria aquele apartamento assim, vazio e, no carpete virgem da sala, o prenderia sob seu corpo. Imaginou amá-lo como faziam no quarto de hóspedes na casa da Granja Viana.

Espaços vazios são territórios neutros.

Não estava ali para imaginar tais possibilidades, mas sim outras, medidas por trena, esquadro e compasso. Examinava os cômodos calculando áreas de circulação, insolação e revestimentos quando ouviu a porta da sala se abrir.

Amanda estava no quarto de casal. Por intermináveis instantes aguardou alguma manifestação do visitante. O porteiro havia dito que o novo inquilino era um italiano e que chegaria logo a seguir. Pedira que a encaminhassem ao apartamento para que fosse adiantando o serviço.

"Um italiano!" – tremeu ao pensar, mas logo desanuviou a mente ao chegar àquela maravilhosa cobertura. A perspectiva de um bom projeto a fez relaxar diante da exuberante vista da cidade. Mas agora, em meio à luz difusa do entardecer, sentia um tremor involuntário que a impedia de mover os pés em direção à sala.

Com esforço, retomou o controle dos sentidos. Apertou a prancheta de anotações contra o peito, agora seu escudo protetor, e caminhou, com passos hesitantes, ao encontro de seu desconhecido cliente.

O homem alto, de perfil largo, estava diante da janela, observando as luzes dos prédios se acenderem no horizonte, conforme caía a escuridão da noite.

Amanda parou no corredor, assolada pela dúvida, que se desfez ao ouvir a voz que ecoou no espaço vazio.

— Já calculou o orçamento para a reforma? Não esqueceu o mármore dos pisos, o mogno para as aberturas, as maçanetas e as fechaduras de latão? E a mão de obra? Na certa vai sugerir artistas e não operários comuns para entalhar as pedras da lareira.

Amanda não reagiu diante daquela aparição. Flávio Fontoura, ou Frederico Sganzella, era uma retícula entre o pontilhado de luzes na janela. Ao vê-lo de frente, pôde perceber melhor as feições de seu rosto, embora bigode e cavanhaque disfarçassem seu traço de menino travesso.

— Sou eu mesmo! — a sombra continuou articulando palavras que agora soavam menos fantasmagóricas.

— Eu? Quem? — Amanda queria confirmar o que já sabia.

— Frederico Sganzella — peremptório.

Amanda segurou o ímpeto de pular naquele pescoço macilento e esmagá-lo até confirmar de vez o óbito que ajudou a atestar há quase uma década. Precisava encontrar uma maneira de manter sua integridade moral diante daquela figura sinistra, vinda de algum lugar do inferno. A ironia foi sua salvação.

— Ah, o tal que aplicou um golpe nas seguradoras, levou a parte do leão e de quem nunca mais se ouviu falar? — ela não conseguiu eliminar o rancor das palavras.

— Sim, aquele mesmo que deixou uma fortuna pra você...

— E pra sua família, sabe quanto eles têm me custado?

Amanda se manteve inabalável. Biotônico, disfarçado de Frederico, cedeu rapidamente.

— Está bem. A gente mal se vê depois de um tempão e é só disso que falamos, de dinheiro. Eu também arquei com muitas responsabilidades, já você...

— Está bem, não vamos continuar com isso — uma sombra como que se esgueirou para perto dele.

— E do quê você quer falar? De sua mãe, ou de sua filha?

— Eu as vi... De longe. Parecem bem. Você tomou conta delas direitinho, não tenho do que reclamar.

— E do que você pode reclamar?

— Na verdade, de nada. Você e Tocaio... Tudo bem? — sabia que ela era feliz com ele, queria apenas ver se tinha coragem de admitir..

Amanda tentou tirar importância daquilo ao dizer, simplesmente: — Tudo bem...

— Que bom!

— Ok — ela estava quase no limite da paciência. — Diga de uma vez, por que resolveu aparecer? Isso é coisa de fantasma!

— Têm surgido muitos aqui no Brasil!

— Pelo contrário, ninguém pega um sequer.

— Quero saber de você. Sentiu saudades? — perguntou com um olhar perscrutador.

Amanda se desviou rapidamente.

— Não me venha com essa, agora... Saudades? — com boa dose de desprezo. — Duvido!

— É verdade! Tenho pensado em você, ultimamente.

— Ultimamente? Depois de sumir por anos, você aparece e me diz uma coisa dessas!

— Sinceridade é que vale. Acho que cometemos um... engano...

— Sim, cometemos. Mas o meu, eu já corrigi.

— Você fala de Tocaio?

— Entre outras coisas...

— Vocês são felizes? — ainda mais convicto da resposta.

— Mais do que imaginei ser algum dia!

— Eu falhei com você, mas... posso remediar! Conheci lugares maravilhosos... Poderíamos recomeçar tudo, bem longe daqui...

— Sei! Nova vida, identidades, países, idiomas... Essa história eu já conheço.

— Desta vez é pra valer!

— Não haverá outra vez.

— Não diga isso. Podemos começar de novo, eu, você, Juliana e mamãe.

— Sua mãe está no fim. Bem que você poderia levá-la. Garanto que ela gostaria disso.

— Ela ou você?

— Uma de nós, com certeza...

— Você não é a mesma pessoa que conheci.

— E você já morreu.

Amanda apanhou suas coisas e se dirigiu à saída. Biotônico se precipitou diante dela, impedindo que se fosse.

— Espere, por favor! Não vá embora ainda.

— Não há nada mais a dizer.

— Há sim... Eu te amo!

Flávio Fontoura a segurou pelos braços e num gesto decidido encostou seus lábios nos dela. Amanda não reagiu.

— Agora posso ir embora?

— Não. Preciso de sua ajuda.

— Mais do que já fiz por você?

— É importante! Preciso de dinheiro para ir embora.

De um jeito ou de outro, o assunto acabou voltando como uma assombração.

— O que está dizendo? Quer mais dinheiro? O que você fez com o milhão que depositei naquela conta?

— A vida no exterior é mais cara. Tive despesas, perdi algum dinheiro...

— Não acredito! Toda a sua poupança em apólices perdida no jogo?

— Sim e não. Negócios malogrados, sabe, a gente pode perder muita grana, basta ter muita grana... É a vida.

— É a sua vida. Aliás, morte! Você está morto, esqueceu?

— Não fale assim. Afinal, quem conseguiu alavancar seus negócios? Quem financiou sua empresa? Não foi o dinheiro que deixei pra você?

— Que deixou pra mim? Uma miséria, a terça parte.

— De uma fortuna! Um milhão e meio de dólares. Foi com ele que você se levantou, não foi? Já pensou se descobrissem tudo? Devolver tudo!

— Você está me ameaçando?

— Bem, sabe como é, quem não tem nada a perder sou eu, que perdi tudo.

— Entendi. Saudades, eu te amo, vamos começar de novo, tinha que terminar assim, com chantagem e extorsão.

— Se você encara dessa maneira... Eu preferiria gastar o seu dinheiro com você ao meu lado. Você que escolhe.

— E de que outra maneira eu poderia encarar? Você é um canalha!

— A vida dos mortos é dura...

— E de quanto você precisa?

— Trezentos já é um bom começo!

— Você está maluco?! Trezentos mil? Dólares, suponho...

Ele confirmou num tom de obviedade.

— Você multiplicou aqueles quinhentos, esta quantia não vai fazer falta...

— Vai fazer para sua mãe e sua filha.

— Você arranjou bem as coisas, mamãe custa pouco naquela clínica de repouso que mais parece um asilo, e Juliana... Bem, ela tem de fazer sua vida a exemplo dos pais, não acha?

— Você é um cretino mesmo!

— Você tem até amanhã para me trazer o dinheiro. Do contrário...

— Do contrário você se entrega à polícia e vai em cana para resto da vida.

— Pode ser que sim, mas é você quem tem a perder, pra mim é apenas uma mudança de serviço de hotelaria. Afinal, a grande decoradora terá tempo de sobra pra enfeitar as celas da penitenciária.

— Está bem, mas que garantias terei de que você realmente vai sumir de minha vida, morrer de uma vez?

— Nenhuma. Apenas torça para que meus negócios tenham tanto sucesso como os seus e reze para que Frederico Sganzella se torne novamente um homem rico.

— Trezentos mil dólares... Isso pode demorar.

— Até amanhã é o tempo que você tem, minha querida viuvinha. Nem uma hora a mais. Já tenho voo marcado e você sabe como as companhias de aviação tratam os atrasados. Ficam em terra. Você não quer que eu tenha um prejuízo desses, ou fique por aqui mais do que o necessário.

— Está bem. Amanhã, aqui, neste mesmo horário.

Biotônico confirmou o acordo com um displicente movimento de cabeça. Saiu da frente de Amanda, que ganhou o corredor apressada, sem olhar para trás. Frederico Sganzella retornou à janela e perdeu o olhar nas luzes cintilantes da Serra da Cantareira.

— Gostei deste lugar! Pena que terei de devolvê-lo.

Vinte e dois

O porteiro estranhou a companhia de Flávio Moretto. Com um sorriso maroto lhe estendeu alguns envelopes que ainda não haviam sido levados ao apartamento.

O morador eventual percebeu a situação e o desaprovou com um olhar seco. Enquanto esperava o elevador chegar ao térreo, procurou disfarçar aquela inconveniência com um ar de enfado.

A menina não deu àquilo a mesma importância.

— Algum problema? Se você quiser, podemos ir a outro lugar.

— Não, nenhum. Só estou com um pouco de dor de estômago.

— Quer ir a uma farmácia comprar remédio?

— Não, tenho tudo de que preciso lá em cima. Vai passar, fique tranquila!

O sorriso idiota do porteiro aumentou, quando finalmente o elevador aterrissou. Flávio pôde perceber o aceno de cumplicidade dele, antes de as portas se fecharem.

— Você parece bem popular aqui! — ela tentou desfazer a tensão.

— É, parece... — respondeu em tom de contrariedade.

A gaiola metálica subiu como um foguete, freando bruscamente no andar solicitado. As duas folhas recém-pintadas de prateado lhe conferiam um aspecto futurista, embora os ruídos lembrassem submarinos da Segunda Guerra Mundial.

— Nunca entrei neste edifício. Ele é tão frio... Não sei explicar...

— Poucos aqui conseguem. De certa maneira, parece um cortiço moderno, com milhares de pessoas empilhadas em seus minúsculos apartamentos, sem espaço para lazer ou recreação. Dá pena ver as crianças dividirem espaço com as pessoas na calçada.

— Todos os apartamentos são tão pequenos assim, como você fala?

— Não, é claro, uma ala é das celebridades. Mas duvido que sejam apartamentos muito maiores, ou que se trate de gente tão importante assim.

As portas do elevador, como as de uma nave espacial, deslizaram para os lados. O corredor se abriu em dezenas de portas enfileiradas. Adiante, uma porta se fechou numa batida estrondosa, como que reclamando da invasão de estranhos. Ruídos de ausência no eco dos longos corredores vazios. A garota não estava assustada, mas na hora da batida da porta, ela deu um salto.

— Velhas solitárias! Sempre vigiando.

Tocaio enfiou a mão no bolso e sacou o molho de chaves. Logo encontrou a certa, a única que reconhecia entre tantas que se somaram ao chaveiro.

— Nossa, que bagunça! — ela exclamou divertida.

— Eu avisei!

— Não tem importância! Eu ajudo você a arrumar tudo. Gosto de pôr ordem nas coisas. Quem sabe você me contrata como governanta?

— Se eu tivesse recursos, bem que eu gostaria!

Puseram-se a colocar os objetos em seus lugares. Livros na estante, discos nas capas, copos e pratos usados na pia da cozinha.

— Você escreve? — ela percebeu uma pilha de folhas datilografadas sobre a escrivaninha e outra ainda presa no carro da máquina de escrever.

— Às vezes, por distração.

A menina leu alguns trechos sublinhados de vermelho.

— Você se distrai pra valer, hein? Isso parece interessante! Cavaleiros empunhando espadas encantadas, caminhos sagrados, magos, feitiços, donzelas. Você pretende publicar?

— Não sei. Isso não tem importância, são exercícios, coisa sem compromisso, tolices com algum significado, nada mais. Ninguém se interessaria por isso.

— Se é tolice, tem mercado, é o que mais se encontra por aí.

— Sou obrigado a concordar com você.

A garota pegou outras folhas, leu o texto na diagonal, aos saltos, sem se prender aos detalhes.

— Conheço alguém que poderia averiguar se isso é mesmo tolice, e se for, meu amigo, você ganhou a sorte grande. Se quiser posso mostrar seus originais.Quem sabe?

— Você conhece alguém de editora? Não pensei que ainda houvesse interesse em literatura, gente publicando, distribuindo, lendo — ironia à parte, um país do tamanho do Brasil em termos de leitura não passa de uma republiqueta.

— Bem, na verdade, é só coincidência mesmo, esse ex-namorado, digamos que me deve alguns favores, entende?

— Não, não entendo, mas tudo bem! — disse, num meio sorriso.

— O que você está pensando?

— Nada! Só imaginei que ele deve ter passado bons momentos com você. Só isso!

— Você fez a cara do porteiro lá de baixo.

— Desculpe.

Logo o apartamento ganhou um aspecto civilizado, embora precisasse de um bom aspirador de pó, balde e esfregão.

— Isso funciona? — ela chegou ao toca-discos.

— Que eu saiba, sim. Há tempos não escuto nada nele.

— O que você tem aqui? — remexeu os poucos discos dentro do armário que servia de apoio à aparelhagem. — Não conheço nada disso...

— Não são de sua época. — Flávio achou divertida a expressão de espanto que ela fez, parecia bisbilhotar em sarcófagos. — Oscar Peterson, Big Bill Broonzy, Washboard Sam, devem ser nomes estranhos para você.

— Esses são, mas Branford Marsalis eu conheço. Não é aquele que acompanhou Sting quando veio ao Brasil?

— É, ele mesmo, mas esse disco não tem nada a ver com rock. Os Marsalis são uma família de músicos de jazz muito conhecida no mundo inteiro.

— Pelo visto você é um escritor entendido em jazz. Nada mau...

— Nem um nem outro, mas tive chance de comprar alguns bons discos e bons livros.

— Vamos ouvir alguns? O que você sugere? Que tal esse Marsalis, já que estamos falando nele...

— É uma boa escolha. Você gosta de sax?

— Sei lá.

Assim que a agulha desceu sobre a borda do vinil, a sonoridade suave do instrumento isolou o ambiente de qualquer outro ruído. O entardecer se transformou em noite e os reflexos dos luminosos de propaganda inundaram o teto com vermelhos e azuis intermitentes.

A silhueta da menina se projetou na parede da sala. O sopro do sax acentuava sua feminilidade. Embevecido, Tocaio permaneceu imóvel, sentado no sofá, como ele, surrado, escondido na penumbra. Assistiu em silêncio aos movimentos compassados da garota, que dançava lânguida no meio daquele espaço exíguo só para ele e mais ninguém – um espetáculo que culminou e recomeçou ao tirar a blusa.

Ela se aproximou dele:

— Posso ficar aqui com você? — disse, num sussurro.

Tocaio a reteve em seus braços. O branco do sutiã contrastava com a pele que se coloria de azul e vermelho. Bocas e línguas se encontraram num longo beijo. Mãos ágeis liberaram zíperes e presilhas, deixando parcialmente à mostra aquilo que só na imaginação conheciam.

As roupas ficaram pelo chão, formando um rastro que revelava o caminho seguido pelos amantes. O quarto os esperava com a cama impecavelmente arrumada, testemunha da ausência de seu dono, que há muito não deitava o corpo ali. As canções impressas no vinil soavam pelo apartamento como se os músicos estivessem no palco e eles, escondidos na coxia.

O lamento suave do sax os acompanhou nas primeiras investidas. Ela o abraçava com força, amassando os seios rijos contra seu peito. As costas nuas se contorceram num movimento tenso. Flávio empurrou seu corpo para trás e a trouxe para junto de si. Abraçou-a com cuidado enquanto ela, de costas, explorava seu corpo, constatando volumes, verificando umidades, se entregando ao inevitável.

A garota suportou, calada, a primeira arremetida. Dor e prazer misturados com uma velha colher de pau. O mago, enfim, justificava seus feitiços. E o caldeirão entornava, no ranger das molas enferrujadas da cama.

Invasão mútua, apressada, mais uma e outra vez. Depois, as luzes ocuparam o quarto, incendiando e enregelando o ambiente, ao mesmo tempo, o frio do azul e o calor do vermelho contrastando com o branco dos lençóis e o negro da noite.

Seguiram-se mais alguns arroubos até que os corpos se separam. Lado a lado na cama, lentamente, a respiração sôfrega se tornou brisa soprada e a pulsação amansou seu galope. Os momentos de quase incontrolável aceleração se resumiam agora à estranha linguagem das marcas deixadas nos lençóis.

Passado o turbilhão, Flávio pôde refletir sobre o que acabara de acontecer. A garota estava prostrada aos seus pés, parecia dormir. Notou então um pequeno filete de sangue entre suas pernas. Ao acariciar seus cabelos, percebeu uma mecha de pelos avermelhados sob a longa melena castanha.

Num salto ágil a garota se levantou e se e esgueirou para o banheiro.

Demoraria algum tempo até que a porta se abrisse novamente. Tocaio não queria pensar naquela hipótese... A garota... Juliana...

Ele se vestiu apressadamente. Queria que aquela porta não se abrisse nunca mais e tudo não passasse de um sonho, ou pesadelo. Ao chegar em casa, encontraria a enteada na sala, diante da TV. Com prazer, ouviria seus xingamentos e, pela primeira vez, aquelas injúrias o aliviariam. Rogou aos céus por mais esse calvário, em troca da possibilidade de viver sem essa mácula. Ela não hesitaria em usar isso para vê-lo, definitivamente, longe daquela casa.

A porta se abriu lentamente. A menina apareceu na sala onde o prato do toca-discos continuava a rodar, com a agulha pulando num arranhão.

— Eu não sabia que você era... — Flávio articulou com dificuldade.

— Virgem? Sei, como você poderia saber, não é? Não se preocupe, tinha de acontecer um dia — ela desligou o toca-discos, calando a voz do sax.

— Você está bem? — Tocaio disse com ternura.

— Estou ótima!

— Posso saber, ao menos, o seu nome?

— Pra quê?

— Agora somos... íntimos, não?

— Não — definitiva, peremptória, quase cruel.

Tocaio temeu ao reconhecer aquela maneira categórica de agir e falar.

— Mas... — insistiu hesitante em busca de uma confirmação.

Ela não ofereceu qualquer alternativa.

— Isso não nos dá qualquer tipo de intimidade — foi logo deixando bem claro. — Aliás, acho que nem vamos mais nos ver...

— Por quê? — Tocaio indagou atônito.

— Por que não — ela se limitou a dizer.

— Você não gostou?

— Não é isso! Eu amei, juro! Confiei em você, desde o primeiro instante. Não quero que isso vá mais longe do que já foi. Paramos por aqui, está bem?

— Ao menos posso levar você pra casa? — Flávio Moretto não conseguia reprimir uma voz que saía de dentro, um clamor para não perdê-la. O adequado era se afastar, mas havia outro dentro dele querendo se manter próximo daquele corpo de leite.

— Não... Me desculpe, mas... Vou sozinha, tá? — numa expressão de docilidade irremovível.

Flávio Moretto conseguiu, enfim, calar todas as vozes em seu interior. Resolveu não insistir mais.

— Posso levar seus originais? — ela apontou para a escrivaninha. — Quem sabe temos aí um novo best-seller? Se não der em nada, devolvo num envelope na portaria aqui no seu prédio.

Tocaio lhe alcançou a pilha de folhas amarradas com um barbante, sem dar importância para o que ela dizia. Queria chegar perto dela mais uma vez e ter certeza de que não era Juliana por trás daquele disfarce. Não teve coragem, se limitou a observá-la partir com seu romance debaixo do braço.

Um último beijo, rápido. Não teve coragem de avançar sobre a garota e revelar os cabelos ruivos herdados de Amanda. Preferiu se deixar esmorecer, morrer na cadeira diante da escrivaninha e escrever versos angustiados para o valente fanfarrão de suas histórias picarescas.

O sangue em minhas mãos
é o bálsamo doce e amargo da covardia.
Julguei pela espada, lutei sem temor,
agora Lhe suplico, ó Deus dos Maias,
sepulte em mim esta dor.

Vinte e três

Tocaio, anti-herói sem um elmo reluzente, tampouco montado num garboso corcel branco, saiu apressado daquele espaço profano, em busca do que poderia haver de verdade em suas suspeitas. Flávio Moretto se via como um ser carregado de imperfeições e sentimentos pouco nobres. Alguém muito distante daqueles personagens que povoavam as páginas lidas pelos aposentados de Miracema. Alguém que descera aos degraus mais baixos da alma espúria do desejo e recolhera do fundo escuro um naco do lodo negro, viscoso e fétido. Sentia nas narinas o cheiro acre do remorso, embora de suas mãos teimasse exalar o perfume adocicado daquele corpo virginal.

Pragmatismo moral.

Sentidos e sentimentos em contradição, numa luta contra a deflação de seus valores de caráter. Complacência e autoindulgência são formas de carestia moral, restava somente a correção monetária dos ativos empobrecidos de sua combalida poupança existencial. Nenhum plano econômico, tablita ou cheque especial o tiraria desta dívida impagável.

Flávio Moretto caminhava entre o inferno e o desterro, quando a campainha do interfone soou.

— O senhor está sentindo um cheiro estranho, seu Flávio? — a voz do porteiro soava anasalada pelo interfone.

— Sim, do que se trata? — Flávio temeu pela população do prédio exposta aos seus erros.

— Tô ligando só pro senhor ficar tranquilo, estão fazendo uns reparos na coluna de esgotos.

Flávio repôs o fone no gancho de parede e se permitiu um pensamento sarcástico. Aquele cheiro não vinha das entranhas de seu ser, tampouco havia corcel branco ou elmos reluzentes à sua disposição. Havia, sim, o mesmo fusca azul, parado no mesmo lugar de sempre, à espera de seu dono que tanto conhecia suas manhas e caprichos.

Dois toques no acelerador, duas explosões animadas e, lá se foram os dois, de volta para casa. O trânsito calmo da noite o fez chegar rapidamente à Granja Viana. Estacionou o carro diante da casa, que se encontrava às escuras.

Ele entrou sem fazer ruído, pousando cuidadosamente cada passo no carpete macio. A escuridão era sua aliada, embora estranha para aquele horário. Passava da meia-noite e não se percebia vestígio algum de seus habitantes.

Juliana não deve ter chegado, estremeceu ao pensar na hipótese. Mas, diante do quarto da enteada, não titubeou em abrir levemente a porta e constatar a cama ocupada por sua dona. Embora mais tranquilo com aquela visão, seu espírito não relaxou. "De táxi ela poderia ter chegado antes."

Fechou a porta mais delicadamente ainda e seguiu para seu quarto. Pelo menos naquela noite o seria. Não foi notado por Amanda, que também dormia profundamente. Mais alguns passos leves e, finalmente, se encontrou diante do espelho do banheiro. Evitou olhar, mas não teve alternativa, tinha de encarar aquele ser rastejante que usurpara a inocência de uma adolescente, que atraíra, conscientemente, uma jovem para seu apartamento clandestino e lá violara sua pureza como um animal selvagem, ensandecido pelo cio juvenil de uma garota desconhecida, ou, pior ainda, de alguém em quem ele jamais ousaria tocar.

Tirou as roupas e se enfiou debaixo do chuveiro, esperando tirar de si a carga de culpa que o assolava desde o centro da cidade. Esfregou as costas, escovou as mãos, ensaboou as virilhas, na tentativa de esconder os traços de sua culpa. De alguma maneira, teria de retornar ao mundo, às pessoas, aos alunos, aos colegas, à sua mulher, ao porteiro do Copan – à Juliana. Não restava outra alternativa, tinha de enfrentar seus fantasmas, escondendo seus delitos, subjugando seu caráter diante de todos que, nem de longe, suspeitavam de suas faltas. Mas, antes disso, até mesmo o criminoso mais vil teria como indulgência uma noite inteira de sono.

Vestiu o pijama que estava impecavelmente dobrado sobre a poltrona. As iniciais efe e eme ainda estavam ali como a indicar sua sorte, caso descobrissem sua natureza canhestra ou seus instintos malignos.

Sonhou com celas de prisão, corredores da morte, cadeiras elétricas, machados, forcas e carrascos encapuzados. Quando o sol se esgueirou por entre as frestas da veneziana, já estava acordado havia um bom tempo. Amanda se remexeu, se virou inúmeras vezes durante a noite. O sono inquieto era sinal de que algo terrível estava por acontecer.

— Não vi você chegar, ontem — ela disse articulando o corpo depois da noite maldormida.

— Você estava tão inquieta, não quis acordá-la — adotou a sinceridade como estratégia; às vezes, a verdade aparece, mas não mostra sua cara.

— E olhe que tive de tomar um comprimido, tenho andado uma pilha.

— Aconteceu alguma coisa?

— Toda esta conversa de fantasmas, isso me deixa nervosa.

— Os fantasmas moram dentro de nós. Não dá pra fugir deles.

Amanda deixou os lençóis amarfanhados, vestiu o robe pendurado ao lado da cama e sumiu da vista de Flávio, fechando a porta do banheiro. Novamente rogou para que uma porta nunca mais se abrisse.

As preces de um pecador devem ter pouca força, em poucos minutos viu Amanda sair com os cabelos presos à nuca, pronta para tomar seu banho.

— Você também não dormiu bem? Está com uma cara! — ela o examinou antes de escolher a roupa no armário.

— Dormir, às vezes, é a única solução. Dormir pra sempre...

— Você não está nada bem. Quer que eu chame um médico?

— Não, bobagem. Só estou descontado pela noite ruim. Isso passa — palavras vazias, sem ênfase.

— Sabe de uma coisa? Você me deu uma ideia.

— Qual?

— Botar os fantasmas para dormir... Pra sempre...

— Se isso fosse possível, até que seria uma boa!

— Pois é possível, sim!

Amanda voltou animada para o banheiro, enquanto Tocaio mergulhou nos lençóis.

Vinte e quatro

Os professores estavam animados apesar da manhã cinzenta e mal-humorada. Flávio Moretto encontrara os mesmos obstáculos de sempre em seu caminho para o trabalho. O trânsito miserável, viaturas de polícia abrindo espaço com suas sirenes angustiantes, ambulâncias ensandecidas atrás de uma brecha para levar suas vítimas ao descaso dos médicos sonolentos e mal remunerados, os motoristas raivosos medindo nos digitais dos relógios o tamanho de seus atrasos.

Para ele não havia, naquela manhã, qualquer indício de novidade em sua rotina, a não ser por um envelope no escaninho que levava seu nome. "Para Tocaio", vinha escrito na frente e sem remetente. Rasgou o papel e retirou de dentro uma folha escrita em caracteres de máquina de escrever:

> "Você acha que sabe quem é sua esposa?
>
> Venha ver uma coisa.
>
> Hoje, 18h."

Seguia o endereço no bairro de Higienópolis e nada mais. Nenhuma assinatura.

Amanda, por sua vez, não tinha tempo a perder. O gerente da agência bancária a convidou para se sentar à mesa, enquanto providenciava uma xícara de café. Solícito, como um vendedor de sapatos, ele tentava demover a cliente de suas intenções.

— A senhora tem certeza de que precisa fazer esta operação? Trezentos mil dólares é uma soma considerável para se carregar por aí. Pode ser muito perigoso.

— E que alternativa o senhor me oferece? Fiquei de saldar este compromisso em dinheiro.

— Bem, uma solução poderia ser a emissão de um cheque administrativo, é mais seguro.

— Nesse caso, o nome de meu credor seria revelado, não?

— Sim, esses cheques são nominais. Aliás, essa foi a falha no esquema de roubalheira no governo. Os cheques de maior valor passaram a ser, obrigatoriamente, nominais. Foi daí que vieram os tais fantasmas de que todo mundo fala. É como o feitiço virando contra o feiticeiro...

— Não suporto mais essa conversa...

— Desculpe, dona Amanda, é o assunto do momento.

Ela hesitou por instantes, combinara fazer o pagamento em espécie, mas toda aquela conversa de perigos e fantasmas a fez rever a questão pondo seus interesses numa perspectiva prática. Afinal, sacar aquele montante de suas contas de investimentos significaria uma grande perda em juros e correção monetária. Tomou um gole do café e decidiu pela alternativa sugerida pelo gerente.

— Está bem. Afinal, movimentar uma soma destas é coisa para especialistas, não é mesmo?

— Realmente, não se trata de vinténs. Além do mais, precisaria avisar a matriz para abastecer-nos de fundos para um saque deste vulto.

— Pois ficamos assim: seu banco emite um cheque administrativo e o resto fica por conta de meu credor.

— E qual é o nome do favorecido?

— Anote aí, por favor: Frederico Sganzella, com dois eles.

— Como o presidente? — o funcionário sorriu divertido.

— Sim, como Collor — Amanda fechou a cara de uma vez. O gerente reassumiu sua postura, baixou a cabeça e tratou de fazer seu trabalho.

Cartas anônimas costumam causar estragos em consciências abaladas pelo remorso. Com Flávio Moretto, não seria diferente, ainda mais por um detalhe importante naquela nefasta correspondência. Só Amanda conhecia aquele apelido. Amanda e... "Juliana".

— Professor, o senhor está bem? — indagou uma aluna ao vê-lo com o olhar perdido na janela.

— Estou sim, tudo bem... Já terminaram as redações?

— O senhor ficou de dar o tema, está lembrado? — protestou um aluno mais ao fundo.

— Está bem. Vamos escrever hoje sobre... confiança. O que acham?

Não houve muito entusiasmo na turma, mas o suficiente para fazê-los inclinarem a cabeça e deitar lápis e canetas sobre as folhas de papel em branco.

— O senhor não vai falar a respeito? Pra esquentar, como sempre faz?

O professor se arrependeu da escolha, não tinha a mínima intenção de discorrer sobre o assunto.

— Bem, podemos falar de confiança sob vários aspectos... — deu início ao martírio. — Em política, a confiança pode ser representada pelo voto que depositamos nos candidatos numa eleição. Antes de serem eleitos, confiamos que venham a cumprir o que prometeram...

— Nesse caso, podemos escrever sobre a falta dela, já que nenhum realmente cumpre o prometido... — interveio o líder do grupo mais exaltado da classe.

— Podemos, também, falar da confiança que temos nos pais, sobre o sentimento recíproco que se forma na família...

— É melhor não tocarmos nesse assunto, professor! — alguns sorriram marotos, outros fecharam a cara, indignados. — A chapa tem esquentado em casa.

— Está bem. De que outra maneira o assunto pode ser abordado? Seria a forma com que as pessoas pautam seus relacionamentos, no trabalho com seus chefes e colegas, na escola, com os amigos, namorados, vizinhos?

— Há realmente tanta confiança assim pra se falar? — a garota da primeira fila ajeitou os óculos no nariz.

— Depende de como você vê as coisas.

Depois de um breve instante de descontração, os alunos se puseram a navegar nas águas revoltas do oceano da confiança. Um mar onde Flávio Moretto pensava se afogar. Enquanto ouvia os riscos incertos dos grafites sobre as pobres folhas de papel, indagou a si mesmo sobre a tal correspondência e se deveria regar a erva daninha que ela havia plantado. Ele, que não se julgava mais confiável, deveria exigir de Amanda aquilo que não poderia mais oferecer a si próprio? Tinha o direito de cobrar atitudes que não fora capaz de adotar? Conhecia, de verdade, sua mulher? Ela o conhecia, realmente? Ele próprio, se conhecia?

Mais e mais perguntas atrás de mais e mais respostas.

Amanda não deixou a agência bancária com sapatos novos, mas com uma pequena folha de papel impressa com vários dígitos que representavam a formidável soma de trezentos mil dólares. "Pague-se a Frederico Sganzella", vinha escrito no valioso documento.

Dobrou o papel em quatro partes e o enfiou no fundo da bolsa. Havia muito a fazer naquele dia até o horário do encontro. Se dirigiu apressada a uma farmácia próxima ao escritório. Estacionou o carro na faixa onde havia uma cruz branca pintada no asfalto.

— Como vai, dona Amanda? — cumprimentou a gorda atendente. — Acabaram os antiácidos do seu marido?

— Não, desta vez é outra coisa... — reforçando um ar desalentado.

— Algum problema? Em que posso ajudá-la?

— É Flávio... anda tão nervoso, não dorme há dias.

— A senhora já experimentou Lexotan, Valium, Calmociteno...

— Já tentamos de tudo e nada! Os médicos dizem que é estresse...

— Os médicos só dizem isso.

— Pois é! Eu estava pensando em algo que o derrubasse de verdade, nem que fosse só por algumas horas. Coisa do tipo bateu, valeu.

— Bem, há outras substâncias que podem derrubar um elefante, mas são controladas pelo Ministério da Saúde... A senhora sabe...

— Olhe, eu pago o que for, não aguento mais esta situação. Ele tem uma reunião importantíssima amanhã, se não dormir um pouco hoje, acho que não vai dormir nunca mais. A senhora sabe, os negócios...

— Eu tenho algo aqui que é tiro e queda.

— Verdade? E o que é?

— Hidrato de Coral... Espere aí, eu trago pra senhora.

Amanda aguardou impaciente a pesada senhora voltar por uma porta lateral atrás do balcão, onde dezenas de frascos, envelopes e caixas de remédio estavam expostos ao público. Temia que alguém entrasse e as visse naquela conversa suspeita. Drogas proibidas e substâncias controladas não são aspirinas, e testemunhas poderiam dar uma grande dor de cabeça.

— Aqui está — disse a atendente, depois de abrir a cortina pendurada à porta.

— É um pó! — constatou Amanda com indisfarçada animação.

— A senhora dilui um pouquinho no suco de laranja, ele não vai nem notar o gosto. Mas é só um pouquinho, ouviu? E sem bebida alcoólica, o efeito pode ser indesejável. Ele acaba dormindo tanto, que vai perder a tal reunião. Isso é muito forte!

Um efeito indesejável desses é que ela estava querendo.

— Vou levar. Quanto custa?

Amanda sacou a carteira e pagou o dobro do que estava sendo cobrado. As mãos gorduchas da atendente seguraram o bolo de notas com avidez, agradecendo a generosidade da cliente com um tubo de vitamina C efervescente.

Juliana acordou depois que todos já haviam saído. Esticou os braços sobre os travesseiros amassados, apontou os dedos dos pés para frente e espreguiçou o corpo até reativar totalmente a musculatura. Pensava na noite anterior como um sonho bom, embora uma leve dor pubiana a lembrasse do esforço que teve de fazer para não fugir.

No fim, os planos haviam sido alterados. Não gritou por socorro, não chamou a polícia, não houve escândalo algum. Aceitou os apelos de seu corpo e se calou diante da aventura, abortando a batalha final de uma guerra que se propunha travar há muito tempo. Na hora crucial, não fez descer a lâmina da guilhotina, impedindo que tudo se esvaísse num gesto caprichoso e a presença paterna daquele Flávio se confundisse com a ausência concreta do outro.

Vendo o sol queimar as frestas da veneziana, a penetrar a bruma espessa do quarto, tentou entender o que se passara. Onde havia se metido a razão básica daquele ódio, cultivado com dedicação, e por tanto tempo? Os raios filtrados da janela riscaram a penumbra, traçando um horizonte vertical na parede.

"Horizonte vertical... Uma forma diferente de ver as coisas", pensou ao se recostar na cama.

Referências que mostram ângulos inéditos. Conhecera outro Flávio Moretto, mas ela também não era mais a mesma. A Juliana que implorava o colo do ausente, o afago do distante, o beijo de uma lembrança, aquela Juliana não apareceu naquele apartamento. Coube à outra rescindir o compromisso de idolatria infantil pelo pai. Trouxe-o para dentro, depois se despediu, sem rancores, sem mágoas, carinho e respeito.

Abandonou as cobertas enroladas na cama e se deixou inundar pelo calor que o chuveiro emanava com seu vigoroso jato de água. Limpou a mente de qualquer sentimento de culpa, levando em consideração o que deixara de fazer e não o que de fato havia feito.

Não estava arrependida de nada. De manhã, ao abrir os olhos, reconheceu que o mundo ainda estava de pé, e nada demais acontecera com seu corpo. Só o seu coração mudara – uma janela se abrira para alguém que, por tanto tempo, tentava entrar.

O telefone tocou enquanto servia o café. Desejou que fosse Flávio, aquele outro que não via há semanas. Mas a voz que tentava confirmar o número discado era a de sua amiga, Viviane.

— Estou tentando falar com você desde ontem! Você sumiu!

— Tive que resolver um assunto importante...

— É mesmo? Tem um Flávio que não para de perguntar por você...

— Pois é... Agora eu acho que estou pronta pra ele.

— Finalmente! O cara está se acabando atrás de você. Não aparece mais... Você vai continuar dando canseira nele?

— Não. Não vou mais. A família dele tem uma editora, não é?

— Parece que sim, não sei bem. Quer publicar alguma história?

— Não, mas sei de alguém que escreve coisas muito legais, quem sabe...

Daí por diante a conversa versou sobre encontros e desencontros, lugares e situações, em que ambas pudessem tratar de seus assuntos sentimentais. A nova Juliana tinha pressa, as aventuras estavam só começando, várias passeatas estavam sendo programadas para as próximas semanas. As duas resolveram dirigir suas energias para um inimigo comum e dividir seus sentimentos de revolta contra a corrupção e a imoralidade do governo. Discorreram sobre o discutível gosto dos penteados da ex-ministra da economia, as narinas dilatadas do presidente e a cara insossa da primeira-dama. Por fim, Juliana marcou encontro com Viviane, a incumbindo de avisar hora e lugar ao Flávio, de Piracicaba.

— À tarde, depois das cinco. Antes não vai dar, tenho uma coisinha pra fazer ainda. É surpresa! Tchau! — encerrou a ligação, antes de engolir o último gole da xícara.

Vinte e cinco

Amanda trazia na bolsa uma garrafa de Chianti e duas taças enroladas em papel de seda. Cercou aquela operação com requintes. Escolheu a cor azul para Biotônico e a vermelha para ela. Tomara o cuidado de melar o fundo da taça envolvida como uma maçã de feira, a fim de depositar o hidrato de coral. A dose certamente era maior do que a recomendada na farmácia, mas, por via das dúvidas, decidiu se garantir com uma boa pitada a mais.

Decidira tornar aquele brinde o mais casual possível, deixando que ele tomasse a iniciativa, abrindo a garrafa e servindo as taças. Ensaiara o dia inteiro o momento de lhe entregar o cheque, desviando sua atenção para os números impressos no papel timbrado do banco, deixando livre o espírito para então beberem à saúde de ambos.

O porteiro do edifício a reconheceu assim que viu o decote cor de ferrugem da arquiteta.

— O italiano ainda não chegou — ele disse, vasculhando a gaveta de sua escrivaninha sem tirar os olhos de seu decote, à procura das chaves do apartamento do décimo segundo andar.

— Se o senhor olhar para a gaveta, garanto que encontra as chaves.

— Oh, me desculpe! Aqui estão! —entregou-as, constrangido.

O porteiro a notara. "Bom sinal!" Ajeitou o vestido conferindo sua imagem refletida no espelho do elevador. Queria estar desejável para amolecer qualquer desconfiança de Biotônico, mas temia ter exagerado na dose. Ele bem que poderia tentar alguma coisa, o que de certa forma poderia ajudar em seus planos. É da vocação dos arquitetos pensar em todos os detalhes, o que traz certo conforto, uma sensação fugaz de controle da situação.

Controle está sempre no limite do caos. Quando Frederico Sganzella apareceu à porta, ela ainda conferia mentalmente os detalhes de sua desvairada arquitetura. Não era na iluminação ou no estilo do mobiliário para cada ambiente que pensava naquele momento.

— Chegou cedo, querida! — cumprimentou-a com um beijo suave na face, sentiu a fragrância amadeirada do perfume de Amanda.

— Você não me deu escolha. Nem mesmo para o horário deste encontro — colocando-se numa distância segura.

— Não estou vendo a mala, ou coisa que o valha. Não trouxe o dinheiro?

— Está tudo aqui, não se preocupe. Pensei que pudéssemos... conversar... um pouco... Trouxe uma surpresa!

Ela se abaixou um pouco e procurou um envelope na bolsa. O decote, então, se mostrou em seu panorama mais favorável. Biotônico não perdeu um só milímetro.

— Você continua muito atraente, Amanda.

— Está aqui!

Ela lhe entregou um envelope contendo uma fotografia antiga, onde apareciam Juliana e ela, diante da casa recém-construída na Granja Viana.

— Está lembrado?

— Você não devia... Isso pra mim é muito doloroso.

— Só queria que tivesse alguma lembrança do que foi, um dia, nossa família.

O homem de quase dois metros de altura e mais entre um ombro e o outro quase desabou no chão da sala vazia. Com esforço se manteve firme e enfiou a foto no envelope para devolver à dona.

— Não quero isso, guarde com você. Para onde vou não cabem lembranças... E quanto ao dinheiro?

— Bem, como você pode imaginar, nem com um caminhão eu poderia trazer trezentos mil dólares em nossa moeda. Por isso eu decidi, por sugestão do gerente do meu banco, emitir um cheque administrativo. Está aqui!

— Nossa, quantos zeros!

— Imagine isso em notas e moedas!

— Razoável! É até melhor para passar na alfândega. Nem tinha pensado nisso. Você, como sempre, cuidando de todos os detalhes...

Amanda sorriu, maliciosamente, e mostrou a garrafa de Chianti.

— O que tem mais nessa bolsa, Amanda?

— Duas taças, para brindarmos!

— Ótimo! Vamos brindar ao nosso encontro ou à nossa despedida?

— Aos dois, afinal, pensei que estivesse morto. Aquele coitado que reconheci no hospital estava um trapo. Até ontem, não tinha certeza se era mesmo viúva, agora vejo que tenho dois maridos.

— Pensei que tivesse um só...

— Eu também! — disse estendendo a taça envolvida pelo papel de seda azul.

— E eu... que nunca tive quem me amasse de verdade... Talvez, daqui pra frente...

— Quem sabe?! — Amanda sorriu provocante, aguardando uma atitude daquele homem enorme, parado à sua frente.

Ele, então, apanhou o saca-rolhas que a ruiva de sardas cor de ferrugem lhe entregara. Enfiou a espiral metálica na cortiça e girou devagar, observando-a sorrir, languidamente. Puxou a rolha sem nenhum esforço. Serviu a taça que estava nas mãos da dama e encheu a sua sem tirar os olhos dela, imaginando cenas tórridas naquele crepúsculo.

— A nós! — Biotônico levantou sua taça envolta em papel de seda.

— Aos vivos! — Amanda o acompanhou, emborcando o líquido viscoso de uma única vez, gesto repetido pelo eufórico Flávio Fontoura, ou Frederico Sganzella, como vinha expresso no cheque.

Flávio Moretto chegou ao saguão de entrada do prédio sem saber ao certo o que fazia naquele lugar. Observou os detalhes da requintada decoração e se dirigiu ao porteiro que aguardava alguma reação do visitante. Para os porteiros, nenhuma visita é inesperada.

— O senhor deseja alguma coisa? — com polidez treinada.

— Bem. Fiquei de encontrar minha esposa neste endereço — lhe estendeu o papel.

— É aqui mesmo. O senhor é o esposo da decoradora? Eles estão lá em cima. Pode subir.

— Eles?

— Sim, ela e o novo inquilino, um italiano cheio de fricote, esquisitão. As pernas tremeram quando Tocaio se lançou ao elevador. O revestimento em madeira escura lhe conferia um ar de caixão de defuntos, bem diferentes daqueles que lhe serviam no edifício Copan. A porta pantográfica fechou a gaiola que logo se abriria no andar solicitado. Pelo tapete fofo do corredor, andou até a porta que ostentava o mesmo número do papel já amarrotado, em sua mão.

Tocou a campainha, ninguém apareceu. O estômago dava sinais de vida em meio àquela espera inútil. Impaciente, deu três toques vigorosos na porta. Ela se abriu, sem qualquer resistência. Quando a porta descreveu um semicírculo completo, a visão que obteve do interior daquele apartamento o paralisou no tapete convidativo do corredor.

Amanda tentava arrastar, pelos braços, um homem desacordado da sala para o terraço.

— O que está acontecendo aqui, Amanda? Quem é esse homem? — Tocaio indagou em altos brados.

Ao vê-lo parado à porta, Amanda largou o corpo pesadamente no chão. Sua expressão era de terror com aquela presença inesperada. Aquilo não estava em seus planos, muito menos a dificuldade para arrastar Biotônico.

— Entre e veja você mesmo — ela disse ao se refazer do susto.

Tocaio fechou a porta e levou sua curiosidade até próximo ao corpo estendido no chão. As pernas estavam dentro da sala, a parte superior atirada sobre a laje do terraço. Ao ver o rosto daquele homem, sentiu outra vertigem. Agarrado no marco da porta, viu Amanda voltar a tentar levá-lo para fora.

— Como isso é possível? Ele... está morto!

— Ainda não! — Amanda disse, secamente.

— O que está acontecendo aqui? Você pode me explicar?

Ela largou novamente os braços inertes de Biotônico no chão. A cabeça fez um barulho surdo no piso de cerâmica.

— Ele não morreu coisa nenhuma. Foi tudo um golpe!

— Vocês me enganaram! — Tocaio gritou furioso.

— Sim... Quero dizer, enganamos a seguradora.

— Quer dizer que aquele homem no hospital... Vocês cometeram um assassinato?

— Nós não... Ele! Foi ele quem planejou e executou o golpe. Eu só recebi o dinheiro.

— Você o quê?

— O dinheiro da indenização. Ou você acha que o seu salário de professor...

O sangue de Tocaio enrubesceu suas faces e num gesto imprevisto, inclusive para ele, esbofeteou Amanda.

— Sua... — a mão estalou, secamente, no rosto dela.

— Isso! Vamos, me bata novamente! — ela provocava a ira de Tocaio com um olhar de desprezo. — Vamos, seu professorzinho secundário, me bata! Mostre que tem sangue nas veias, que há um homem dentro dessas calças!

Enfurecido, ele bateu uma e outra vez. Amanda sorria malévola a cada investida, um riso meio insano, indecoroso, até que Biotônico reagiu prostrado a toda aquela agitação.

— Chega! — ela disse, limpando um fio de sangue dos lábios. — Agora chega. Eu te amo, seu miserável! Se fiz o que fiz foi por amor... a você, cretino!

— Amor por mim? Me enganando o tempo todo?

— Você é o único que não se enganou. Eu sim, quando aceitei este crápula como marido. Quando ele me propôs esta jogada, não tínhamos mais nada um com o outro, aliás, acho que nunca chegamos a ter.

— Mas e aquele homem queimado no hospital? Quem era ele?

— Não sei! Acho que nem ele sabe...

— E onde ele se meteu esse tempo todo? Por que apareceu agora?

— O combinado era que eu e Juliana o encontraríamos no Caribe. Logo que a indenização fosse paga, nós depositaríamos uma parte do dinheiro na conta de um banco nas Ilhas Cayman, em nome de um tal... Frederico Sganzella. Aguardaríamos uns dias e depois rumaríamos para algum lugar no exterior.

— Você fugiria com ele?

— Com aquela pressão toda, eu faria o que me mandassem. Mas ele não apareceu. Ficamos esperando por semanas, depois viajei por cidades que ele havia citado em conversas anteriores, mas nem sombra desse miserável.

— Foi aí que você decidiu ficar com o prêmio de consolação... Eu!

— Não é nada disso... Eu te amo, quantas vezes vou ter que provar isso?

— Ele ficou com saudades? Voltou pra levar você e sua filha?

— É claro que não. Sabe o que é isso? — ela tirou o cheque do bolso da camisa dele.

— Não tenho nem ideia. São tantos zeros!

— Pois é! São trezentos mil dólares. Ele veio pra me extorquir...

— Mas ele não ficou com o dinheiro do golpe?

— Sim, com a maior parte. Desgraçado!

Amanda apanhou o cheque de volta e o rasgou em pedaços mínimos.

Tocaio se sentou no chão junto ao corpo imóvel de Biotônico.

— Ele seria bem capaz disso...

— Sei bem de quem se trata... Por isso, decidi pôr um ponto final nesta história. Se ele voltou uma vez, voltará outras.

Pragmatismo cármico.

— O que você vai fazer, Amanda?

— Nós, meu amor... Nós vamos fazer.

Tocaio a olhou horrorizado. Amanda se sentou ao seu lado, segurando firme suas mãos.

— Temos que ser fortes. Você está preparado?

Ele nada respondeu, porque nunca estaria.

Vinte e seis

A polícia chegou assim que foi chamada pelos vizinhos. Um acidente terrível havia acontecido. Um homem caíra do décimo segundo andar de um prédio requintado de Higienópolis, o trânsito estava parado no local e um casal, que presenciara tudo, estava em estado de choque.

Os policiais encontraram a mulher aos prantos, chorava convulsivamente nos braços de um homem que tinha o olhar fixo no nada, visivelmente abalados com a tragédia.

— Aquele homem... Ele me atacou... Fui salva graças a Deus e a meu marido, que chegou na hora.

O oficial enviado ao local do acontecido tentou acalmar Amanda, que insistia em tornar tudo mais difícil.

— Tenha calma, minha senhora, vamos sair daqui, precisamos esclarecer o que aconteceu.

— Ele me atacou... — mostrou o rasgado em sua roupa. — Ele queria...

Lentamente, os dois se levantaram com a ajuda dos policiais. Tocaio continuava em estado de choque, embora as pernas obedecessem ao comando da voz serena do policial que o amparava.

— Vamos, senhor, está tudo bem! Precisamos conversar na delegacia.

Na saída do prédio, o porteiro quase não reconheceu a bela senhora que havia subido ao apartamento um par de horas antes, tal o estrago em suas roupas, os lábios inchados e sujos de sangue. Convocado a seguir com o grupo para delegacia, ele passou o posto ao zelador que, num ar contrariado, o dispensou.

O corpo havia sido recolhido da rua, mas as manchas de sangue e o congestionamento do trânsito ainda marcavam o trágico início de noite. Outra vez, motoristas tensos chegariam atrasados a suas casas.

Foram todos para a quarta delegacia de polícia, na rua Marquês de Paranaguá, onde eram aguardados por um entediado policial, cercado por assistentes de armas à mostra e máquinas de escrever arruinadas pelo uso.

Depois de medicada, Amanda contou ao delegado sua versão dos fatos:

— Eu havia sido chamada para um projeto de reforma naquele apartamento. Aquele homem me pareceu distinto, quando o conheci...

— Quando a senhora o conheceu?

— No dia anterior, quando se apresentou no apartamento.

— A senhora não o conhecia, então!

— Nunca o vi na minha vida... — disse, num ar desamparado. — Ficamos de nos encontrar hoje para acertar os detalhes do projeto. Mal começamos a falar, quando ele veio com uma conversa estranha...

— Que tipo de conversa?

— Ora... senhor... cantada. Falou do meu corpo, do meu cheiro, das minhas roupas... E começou a me apalpar...

— A senhora entende italiano?

— Bem, não muito, mas essa linguagem é universal, o senhor sabe.

— Linguagem da sacanagem, todo mundo conhece, não é, Lourival? — o escrevente esboçou uma reação doentia.

— E o que aconteceu depois disso? — retomou o delegado para deleite de Lourival.

— Eu o repeli como pude. Então ele se alterou. Começou a gritar, a xingar... Foi aí que me bateu no rosto.

— É, pegou bem... Quero dizer, dá pra ver!

— Eu estava quase desmaiando, quando meu marido chegou.

— Como foi que ele apareceu... Assim, de repente.

— Não foi de repente... Combinamos de nos encontrar para jantar fora. Pensamos até em convidar o senhor Frederico, já que era um estrangeiro na cidade.

— E aí, o que aconteceu?

— Eles começaram a brigar. Meu marido o empurrou, o tirou de cima de mim. Eles rolaram para o terraço. O homem era tão forte, que quase é meu marido quem cai daquele terraço.

— E como seu marido conseguiu derrubá-lo, já que era assim tão forte o tal italiano?

— Não sei, mas graças a Deus, foi aquele maldito que caiu.

— Bem, se é tudo o que tem a dizer, gostaria que não saísse da cidade, nos próximos dias. Podemos precisar da senhora para esclarecer algum detalhe que surja. Enquanto a família do morto não o reclamar, ficará no Instituto Médico Legal. Se ninguém aparecer, será enterrado como indigente. Por via das dúvidas, por favor, não suma da cidade, está bem?

— Sim, senhor, pode ficar tranquilo.

Amanda se levantou da cadeira, ajeitou os cabelos, que permaneceram em desalinho e se esgueirou pela porta aberta por um dos policiais. No fundo da sala, o delegado mandou que entrasse o marido.

Flávio Moretto sentiu uma forte contração no estômago que o fez se curvar como um velho decrépito. Levantou os olhos opacos para os de Amanda, ao se encontrarem no corredor. Ela o abraçou com ternura. Ao ouvido dele, disse para não temer nada.

— Lembre-se: foi legítima defesa — sussurrou.

Ele tinha a expressão de um condenado no corredor da morte.

— Então... — disse o delegado. — O senhor está bem? Para um destemido herói, a sua reação abobalhada me parece bem estranha.

Tocaio arregalou os olhos diante daquele ar desconfiado do policial.

— Matar pessoas não é coisa para professores — disse pensando em citar outras profissões com tal vocação.

— Mas o senhor se saiu muito bem, não?

— Estou vivo, embora ache que ninguém devesse ter morrido.

— E por que atirou o homem do décimo segundo andar, então?

Aquela pergunta lhe assolava desde o primeiro instante que viu o corpo de Biotônico estatelado no asfalto, envolto por uma enorme poça de sangue.

— Era ele ou eu... — disse sem encarar os olhos do inquisidor, e era a mais profunda verdade.

— Ele era mais forte, como conseguiu dominá-lo? O senhor conhece artes marciais?

— Não... Sou apenas um professor do Ensino Médio. Não conheço nenhum tipo de luta.

— O senhor há de convir, é esquisito um homem daquele tamanho ser dominado por um homem como o senhor, quero dizer, do seu tamanho — remendou e ficou ainda pior.

— Esquisito ou não, se o senhor não está satisfeito, eu estou. E se fosse instinto de sobrevivência? Não sei explicar. Talvez tenha sido a raiva que senti ao vê-lo atacar minha mulher. Os covardes estão sempre em desvantagem.

— O senhor quer dizer que venceu aquele brutamontes... Só na moral?

— Não sei, mas se saí vivo daquele terraço, é o que me basta.

— E sem nenhuma escoriação, nada, cara limpinha, é um milagre! — exclamou o delegado, jogando a caneta esferográfica na pilha de formulários sobre a confusão de sua mesa.

Flávio Moretto o encarou com uma frieza surpreendente, embora não mais se surpreendesse com suas próprias reações. Novamente, era outro que se expressava ao policial incrédulo. Desta vez, cuidou para não reprimir ninguém em seu interior. Precisava tomar as rédeas da situação, estava atolado até o pescoço naquela história.

— Considere como quiser — disse, com a arrogância dos que tem a razão ao seu lado. — Posso ir agora? Preciso levar minha esposa ao médico.

— Ela está bem! Mas o senhor está perfeito, incólume! —havia indolência e arrogância nas palavras do delegado.

— O que quer dizer com isso? — a vítima se indignou diante daquele comentário.

— Ora... que o senhor me parece mais abalado do que ela, que levou as porradas...

O cenário opressivo, a solidão diante daquele policial hostil e a necessidade de ocultar sua culpa fizeram Flávio Moretto optar por uma postura defensiva diante da provocação. Mas a indignação da vítima, que por mero acaso sobrevivera ao ataque de um maníaco, se manteve inalterada. Precisava se convencer disso para assumir a postura correta frente àquela nítida demonstração de desconfiança.

— O senhor há de convir que essa foi uma experiência terrível para nós — mediu as palavras. — Não estamos acostumados a situações como essa todo o dia...

— Pra nós, é café pequeno — declarou o policial com empáfia.

— Imagino! — Tocaio retrucou com cinismo.

As narinas do homem atarracado e mal-encarado se dilataram como a aspirar todo o ar da sala.

— Não, o senhor não imagina porra nenhuma! — retorquiu o delegado ao perceber o tom de desprezo das palavras do interrogado. Diante de um subalterno, aquela manifestação não poderia ficar sem uma resposta contundente.

— Se o senhor tivesse mesmo dominado ele — continuou aspergindo gotas de saliva que alcançaram o rosto de Tocaio —, nada disso teria acontecido, ou o senhor pensa que estamos aqui para recolher cadáveres? Se todo mundo começar a agir como herói nesta cidade, não vai ter cemitério pra tanto defunto. Hoje, o senhor se deu bem, mas se reagir amanhã, contra um merda de um trombadinha, numa porra de esquina qualquer, aí eu quero ver se vai se sair tão bem! Seu professorzinho de merda.

Pressionado pelo faro canino do policial, que teimava ver nele a culpa dos criminosos, ao invés de se solidarizar com a aflição das vítimas, apelou para os brios masculinos de alguém que agia em nome da preservação cega de sua família e de sua própria existência.

— Minha mulher estava em perigo, depois eu fiquei em perigo. Já lhe disse: era ele ou eu!

A tática desesperada surtiu os primeiros resultados. O delegado retirou os olhos ensandecidos de cima de Tocaio e cedeu às circunstâncias.

— Está bem! Se um bosta desses quisesse agarrar a minha patroa, faria a mesma coisa. — concedeu a contragosto. — Mas não adianta depois procurar a polícia pra reclamar que foi esfaqueado ou baleado, tentando se defender desta bandidagem.

Seu ar passou então de inquisidor para o de um conselheiro experiente e bondoso. Levantou de sua cadeira e circundou a mesa, se aproximando do agora cidadão exemplar à sua frente, quase um herói. Pousou as mãos sobre os ombros de Flávio Moretto, lançou mais algumas gotas de saliva e decretou com ênfase treinada:

— Foi atacado? Deixa, relaxa... O bandido se aproveita, mas ali adiante encontra seu destino... Na mão de outro bandido ou na minha própria mão. Em qualquer das hipóteses ele vai pagar caro por ter nascido.

Estranha aquela recomendação de alguém encarregado de zelar pela segurança da população, o policial não mencionara a Justiça. Flávio Moretto lembrou dos poucos alunos que, realmente, aproveitavam as aulas e, em seu íntimo, reconheceu a impotência do policial, diante de sua missão profissional. Como ele, que não podia aprisionar, nem manter encarcerados os bandidos que se multiplicavam como moscas, o professor também não era capaz de fazer chegar o conhecimento a todos os alunos que passavam pelas carteiras arruinadas da escola. Como o policial, que sugeria alternativas de sobrevivência diante da violência das ruas e o caos urbano, ele também se escondia na certeza de que os poucos que atingia com sua cartilha era razão suficiente para continuar tentando.

O policial estava errado? Flávio Moretto estava errado?

As perguntas não param por aí.

Tocaio resolveu sair daquela situação com o que melhor sabia fazer, perguntas:

— Estou dispensado, então?

— Sim... — disse o delegado, soltando os ombros do ex-suspeito de alguma coisa. — Mas, por favor, não deixe a cidade nos próximos dias. É uma questão de rotina, até que tudo esteja esclarecido e o corpo liberado para a família enterrar.

Flávio Moretto se levantou, mantendo a postura encurvada.

— Acho que é o senhor quem precisa de médico! — brincou o delegado ao vê-lo se arrastar para fora da sala.

Tocaio ouviu aquilo sem olhar para trás. Esperava deixar aquele policial exatamente onde estava, pelo resto da vida. Dentro de suas desconfianças profissionais e longe de sua família.

Ao fundo, ouviu a voz do oficial, mandando que trouxessem o porteiro. Este se levantou empertigado, seguindo para a sala de interrogatórios. A porta se fechou novamente, encerrando o delegado e a testemunha dentro de suas ignorâncias.

Flávio Moretto alcançou o saguão onde outras pessoas aguardavam alguma solução para seus casos. Viu uma mulher chorar o roubo de seu carro, um senhor reclamar da falta de policiais para o atendimento, jovens algemados com semblante arrependido, sendo conduzidos aos trancos para um corredor lateral. Nas paredes, mofo e veios de infiltração.

Em meio à paisagem desolada de ruína moral e de direitos pisoteados pela violência do crime ou pelo descaso do aparato de segurança, Tocaio avistou um grupo conhecido. Amanda estava abraçada a um casal de jovens, como para se protegerem daquele ambiente deplorável. Ao chegar próximo, seu coração teve uma parada involuntária diante do que viu. Juliana tinha os cabelos castanhos escuros "como os da garota".

— Nossa filha veio nos buscar — Amanda disse num tom conciliatório.

— Você... — Tocaio balbuciou, sem concluir a oração.

— Gostou do meu cabelo? É uma surpresa... para este Flávio aqui.

— Como vai, xará? — disse o Flávio de Piracicaba.

— Tocaio... — corrigiu Amanda. — Vocês têm o mesmo nome, não é, Flávio?

O de Miracema concordou atônito. Juliana deixou os braços do namorado e veio ao seu encontro.

— Quero agradecer o que fez por mim...

Ele continuou sem reação.

— Você salvou minha mãe — ela continuou —, mostrou que ama a sua mulher... É digno da admiração de uma filha.

O abraço, como na noite anterior, veio em seguida. Tocaio aproveitou cada segundo, voltou a sentir o calor de seu corpo, os corações como tambores de uma tribo prestes a ser atacada.

Amanda, não menos emocionada com aquela cena tocante, se juntou a eles num único abraço. Beijou-os com lábios doloridos, deixou que as lágrimas se derramassem. Desta vez, lágrimas verdadeiras.

Tocaio as amparou como se dele agora dependesse a sorte daquela família. A sua família.

— Vamos, já acabou tudo. Podemos ir pra nossa casa — ele disse, paternal.

— Não. Espere! — interrompeu Juliana, esfregando a manga da blusa nos olhos inundados. — Quero fazer uma coisa!

Flávio Moretto se surpreendeu quando ela o beijou diante da mãe e do namorado. Naquele momento, o constrangimento não fez parte de suas preocupações. Naquele ínfimo espaço de tempo que durou o toque de seus lábios, uma vida inteira de ofensas e recriminações chegava ao fim. Naquele átimo, foi selada uma nova configuração no relacionamento entre ele, Amanda e Juliana. Uma composição de respeito, harmonia e calor humano, que haveria de chegar aos últimos dias de suas vidas.

Em meio ao ruído, das reclamações e dos xingamentos, o grupo deixou aquele espaço imundo para começar um novo tempo. Os Flávios de agora seguraram as mãos de suas amadas e partiram para o exterior da delegacia, onde sirenes nervosas e viaturas apressadas chegavam e partiam.

Vinte e sete

O corpo do italiano não foi reclamado por ninguém. Apesar dos esforços burocráticos do consulado, não se encontrou vestígios da família. Depois de alguns dias, o oficial encarregado da estatística recorreu aos trâmites de praxe: riscou cinco nomes de uma lista maior e cinco caixões baixaram sepultura num cemitério da Zona Sul de São Paulo. Dentro de um deles, Flávio Fontoura, enterrado sob a identificação de Frederico Sganzella.

As passeatas continuaram, os deputados aprovaram o processo de impedimento do presidente, que acabou por renunciar. O esquema de corrupção foi desmontado, sem que os corruptores fossem arrolados nos processos que se seguiram. O testa de ferro fugiu do país, o vice assumiu a presidência e uma nova esperança foi plantada no seio da sociedade.

Escândalos no Brasil duram quatro dias, são como o Carnaval, desfilam sob os holofotes, chamando a atenção de todos, para na Quarta-feira de Cinzas ninguém lembrar nem do samba-enredo.

Depois dos discursos inflamados, os arroubos refluíram, os ânimos se apaziguaram e os partidos políticos foram contemplados com seus quinhões de poder. A nação – purificada – partiria para uma nova fase, na qual as farmácias se tornariam alvo da ira moralista do governo, professoras assumiriam suas paixões clandestinas por idosos topetudos, e um novo pacote econômico seria gestado pela equipe chefiada por um sociólogo.

— Quem sabe, agora vai! — comentou Amanda em meio ao jantar de talheres polidos e louça personalizada.

— Dizem que é mais uma jogada eleitoreira — observou Flávio Moretto na sua habitual distância regulamentar da pauta do momento, fosse ela qual fosse.

— Mas o ministro declarou que não é candidato a nada...

— Ainda, faltou ele dizer...

— Mas se der certo, que mal há se ele for o candidato?

Flávio empurrou o prato para o lado, abrindo espaço para a sobremesa.

— Outros candidatos não terão acesso ao aparato oficial para usar como plataforma política. Será um massacre! Bater a inflação é capital político até para uma reeleição, caso existisse.

— Mas não existe reeleição no Brasil! Quando foi que você ficou assim, tão cético, Flávio? — disse Amanda, antes de provar o doce.

— Na certa, darão um jeito na Constituição. Acho que já ouvi essa conversa uma vez...

— Desta vez é diferente...

— A estabilidade econômica serve para vermos como somos pobres, o quanto falta para todos terem uma vida digna. Quando a população se der conta do quanto pode comprar com a nova moeda, vai cobrar providências. É a minha esperança, pelo menos.

— Bem, que assim seja! — ela disse equilibrando o pudim na colher de prata. — Querer mais é o primeiro passo para a evolução, e notem que eu disse e-volução. Além do mais, tá todo mundo feliz no crediário das lojas, fazendo suas prestações fixas...

— E pagando duas ou três vezes mais, só de juros...

— Você não se satisfaz com nada! Você e seu mundo das Letras... — Tocaio ouviu aquilo outra vez sem se ofender.

Na frase de sempre, a forma taxativa de encerrar qualquer discussão. Tocaio se acostumara àquela maneira pejorativa de se referirem ao seu trabalho. Porém, nos últimos tempos, essa frase se tornou quase um elogio, já que sua carreira como escritor deslanchara com o lançamento do primeiro título de sucesso.

Tolices recheadas de pseudossignificados, caminhos sagrados e ensinamentos espirituais, se tornaram leitura da moda em vários países, uma onda esotérica que varria tudo e atingia seu ápice, reunindo um público cada vez maior, ávido por mistérios celestiais, pergaminhos perdidos e missões épicas.

O professor de literatura se rendeu ao leitor visceral diante do escritor razoável, entregou ao público verdades transcendentais, acondicionadas em meras páginas de texto diagramado em letras de corpo graúdo.

Fábulas são inverossímeis por natureza. Pragmatismo fantástico.

A flecha prateada sobre o fundo negro da capa atingiu milhares de cabeceiras e estantes. A editora exigia novos textos, e o escritor acabou por ocupar o espaço do professor.

— Você vai trabalhar esta noite? — Amanda perguntou contrariada.

— Estou atrasado com o novo romance.

— Por que não trabalha aqui em casa? Temos tanto espaço!

— Prefiro o apartamento no Copan. Foi lá que tudo começou.

— Vai mesmo trabalhar, ou se trata de outra coisa? — Amanda fulminou Tocaio com seu jeito desconfiado. — Isso não é mais hora para sair, já são dez da noite...

— Quer ir comigo? Tem lugar pra dormir lá... Podemos ouvir uns discos... Mas depois tem de me deixar trabalhar... — Tocaio se acercou de Amanda. Cada segundo contava.

— Posso mesmo? Até que seria uma boa ideia... — ela sorriu, destilando intenções. — Vamos ver como se comporta o coelho dentro de sua toca...

Amanda jogou uma muda de roupa numa sacola e a atirou no banco traseiro do carro de Flávio Moretto.

A carreira do fusca azul se encerrara quando teve início a do escritor. O dono da Fúlvio Car escolheu o que de melhor havia no pátio de sua loja.

— Finalmente, você vai ter um carro, Flávio! Esta lata velha não vale muito, mas está em bom estado. Com ela não dá nem pra pagar o para-choque deste maquinão aqui! — Fúlvio Moretto abriu os braços, apresentando a última maravilha da indústria automobilística nacional. No Brasil, não se fabricavam mais carroças.

— É o legado do Collor — continuou Fúlvio enquanto polia os cromados.

— Não sei, Fúlvio... Empatar tanto dinheiro num carro... Afinal, é só um meio de transporte, e isso pode ser feito com outro de menor valor.

— Aí está a questão, o valor. Quanto você merece de conforto, segurança, beleza? Se você se gosta e pode pagar, por que não oferecer pra si o melhor? Fique uma semana com ele e depois conversamos. Garanto que esse será um negócio de irmão para irmão.

Conversas melosas têm um efeito arrasador em Flávio Moretto, de Miracema. Fúlvio lhe entregou as chaves na certeza de que, em alguns dias, embolsaria uma bela quantia na venda da joia mais cara de seu estabelecimento.

— Flávio, eu sou um ourives! Isso aqui não é uma loja de carros usados, é uma joalheria...

Enquanto o irmão deixava o estacionamento, o fusca seguia para o "salão de beleza", nos fundos, onde receberia maquiagem e brilho, para então ser oferecido a algum professor do ensino fundamental, oprimido pelo transporte coletivo e pelos minguados proventos, disposto a sacrificar o estômago para saldar as prestações que agora, pelo menos, eram fixas. Alguém que, provavelmente, daria início a uma gastrite, terminaria com uma úlcera e um carro ainda mais velho. Alguém que conheceria as manhas do carburador e se prenderia no trânsito caótico.

Flávio Moretto segura o volante de sua caminhonete, fruto do dinheiro adiantado recebido de seus editores. O luxuoso utilitário zune pelo trânsito noturno da avenida Rebouças, rumo à Consolação. Na cabeça, pensamentos dispersos misturados a diálogos por serem escritos.

Amanda liga o rádio, um solo de sax levam-nos aos dias conturbados de anos atrás. A menina, Biotônico, o delegado – imagens que se fundem nos painéis luminosos, espalhados pelo trajeto de sempre. Será que o delegado desconfiou de alguma coisa? Biotônico merecia acabar assim? E a menina, quem era, afinal?

Perguntas que, um dia, acabarão se calando.

Em seguida, alinhou evidências que logo tratou de disfarçar com uma razão estapafúrdia qualquer. Os originais que a menina levara naquela noite no Copan não tinham seu endereço. Não poderiam jamais tê-lo encontrado sem que alguém conhecido o indicasse; a editora interessada nos seus originais poderia ser de outra pessoa, que não o pai do namorado de Juliana.

Coincidências são ilações induzidas. Pragmatismo ocasional.

“Isso pode dar um bom argumento”, Tocaio pensou ao mudar de estação. Mudou de lembranças, também. Estava agora diante de Raimundo Marcondes Fialho, o diretor do Caetano de Campos:

— Tem certeza do que vai fazer? Quantos anos faltam para a sua aposentadoria? — olhando para ele como um animal raro.

— Poucos anos... É o que sinto que terei se continuar lecionando.

— Você já aguentou tanto, mais um pouco e estará livre pra fazer o que quiser! Fazer o que quiser! — repetiu, iluminando a vida que também o esperava.

— Com este salário, imagine a aposentadoria... Você está maluco, Marcondes? Se tiver sorte, curo minha úlcera e aproveito o que ainda me resta de vida para imaginar histórias fantásticas. Afinal, é o que mais as pessoas querem: tolices na forma de histórias fantásticas...

— Agora que você é famoso, vai nos abandonar às feras! — disse com rancor e inveja, que costumam andar sempre juntas.

— Espero que as histórias fiquem famosas, não eu!

O diretor apertou sua mão, pensando numa carona para o paraíso, ou pedir o endereço.

— Bem, amigo, vamos sentir sua falta — disse emocionado.

— Vocês ficarão bem — Flávio Moretto respondeu pouco convicto.

Ex-professor e atual diretor se abraçaram junto à porta do gabinete. No corredor, alguns colegas e alunos o esperavam para um último adeus – aqueles pelos quais ainda valeria a pena algum esforço.

Os alunos do Caetano de Campos não viram diferença entre o antigo mestre e o novo que lhes apresentaram. O calor da sala e o desleixo oficial continuaram a impedir que suas mentes se ocupassem de regras gramaticais, obras de antigos autores ou redações sobre assuntos de pouco interesse. Por muitos anos, outro novo herói se equilibraria naquela plataforma guenza, diante do quadro-negro manchado pelo uso. As classes arruinadas seriam ocupadas por mais meninos e meninas alheios à necessidade de estarem ali, por um período inteiro de seus dias banais, tampouco o jovem professor encontraria razão para ocupar esse mesmo tempo com sua ladainha decorada.

Não fosse os poucos interessados, os de sempre, aleatórios, mera condição estatística, e tudo isso perderia o sentido.

PRIMAVERA
EDITORIAL

As obras de ficção oferecem a possibilidade de "viver emoções" que não fazem parte do "enredo" cotidiano dos leitores.

TÍTULO O Tocaio

Equipe editorial LINDSAY GOIS E LOURDES MAGALHÃES
Revisão ARMAZÉM DE IDEIAS E LINDSAY GOIS
Capa NIK NEVES
Projeto gráfico e diagramação DEBS BIANCHI

Dados Internacionais de Catalogação na Publicação (CIP)
(Câmara Brasileira do Livro, SP, Brasil)

Rodrigues Filho, Edison
O tocaio / Edison Rodrigues Filho. -- São Paulo :
Primavera Editorial, 2014.
ISBN 978-85-61977-72-6
1. Romance brasileiro I. Título.

14-03542 CDD-869.93

Índice para catálogo sistemático:
1. Romances : Literatura brasileira 869.93

PRIMAVERA
EDITORIAL

Rua Ferreira de Araújo, 221 - cj. 75
05428-000 - São Paulo - SP
Telefone: (55 11) 3034-3925
www.primaveraeditorial.com
contato@primaveraeditorial.com

O TOCAIO

foi impresso em São Paulo pela
Gráfica Mark Press no papel Offset 70g/m^2
para Primavera Editorial
em maio de 2014.
Fonte utilizada: Electra